소각의 여왕

제21회 문학동네소설상 수상작

소각의 여왕

이유 장편소설

문학동네

차례

1부

2부

1부

바람공장

“아버지, 허파에 바람이 들면 사람이 어떻게 되는 줄 알아?”

저녁 무렵, 해미가 들고 있던 파지를 내려놓으며 말했다.

“어떻게 되는데?”

지창씨가 물었다.

“실없이 키득거리다 호흡곤란이 오게 된대.”

해미는 방금 본 파지 속 문장을 읽어내려갔다.

“우리 친구 네 명은 늘 몰려다녔다. 한 친구 생일이었다. 케이크의 촛불을 불기 직전 친구는 바람을 훅 들이마셨다. 친구는 실없이 키득거리기 시작했고 우리는 멋모르고 따라 웃었다. 친구가 계속 웃는 바람에 호흡곤란이 왔다는 사실을 아무도 몰랐다. 결국 기절을 해서야 구급차에 실려가게 됐다. 얼마 뒤, 그 자리에 있던 다른 친구에게 전화가 걸려왔다. 체육대회 날 결국 그도 그렇게 됐다고 했다. 대표 주자였던 친구가 빠지는 바람에 우승 후보였던 그의 반은 예선 탈락했다. 몇 년 뒤 또 한 친구에게 연락이 왔다. 그는 여자친구와 키스를 하다 아, 그것이 왔구나 하고 알게 됐다고 했다. 마지막 차례는 나였다. 하필 수능 때여서 결국 재수를 하게 됐다."

"한번 걸리면 낫기 힘들다더라."

지창씨가 슬며시 웃더니 말했다.

"진짜 허파에 바람 드는 병이 있단 말이야?"

해미가 물었다.

"키가 크고 마른 젊은 남자애들이 걸리는 병이라는데, 유전적인 경우도 있대."

지창씨는 사뭇 심각한 표정을 지어 보였다.

"네 할아버지도 고생 꽤나 했잖아."

해미가 태어났을 때 할아버지는 이 세상 사람이 아니었다. 해미가 아는 할아버지는 흑백사진 속에만 존재하는, 진짜 옛날 사람이었다. 사진 속 할아버지는 키가 컸고 어깨 골격이 남달랐다.

"지고는 못 사는 성격이었어."

지창씨는 자기 아버지를 그렇게 말했다.

"누가 할아버지 욕을 하고 다닌다고 하면 안 참았거든. 진탕 술을 멕이고 형 동생 하는 사이로 만들어버리는 거지. 속으로야 쌍욕을 해도 사람들 앞에선 입도 뻥끗 못하게."

할아버지에 비하면 지창씨는 모자란 구석이 있었다. 오히려 작고 깡마른 해미가 할아버지를 닮아 깡다구와 배짱이 있었다. 그것 역시 지창씨 입에서 나온 말이다.

젊은 시절 할아버지가 살던 경성에는 한창 모던 보이가 거리를 활보하고 다녔다. 히라다와 조지야, 화신의 쇼윈도와 죽 늘어선 빙숫집, 우동집을 들락거리며 그들은 열심히 소비를 했다. 마르크스 보이는 저항을 했다. 조직을 만들고 혁명 운동을 했다. 해미 할아버지는 자루를 메고 그들이 지나간 거리를 훑고 다니며 파지를 주웠다.

"가진 건 없는데 먹여 살려야 할 자식이 아홉이나 있었으니까."

"아버지한테 형제들이 그렇게 많았어?"

"다 죽었지. 전쟁통에."

"에이, 뭐야 그게."

해미는 바람 빠지는 소리를 했다.

"젖도 떼지 못한 애는 전염병이 돌 때 죽고, 이제 막 걷기 시작한 애들은 거리 한복판에서 오발탄에 맞아 죽고. 열아홉 살이 된 큰아들은 참전했다 탈영한 뒤 연락이 끊겼고. 네 큰할머니도 피난길에 행방불명됐고."

"그럼 아버지 엄마는?"

"그뒤에 만난 거지. 전쟁이 막 끝났을 때."

할아버지의 집에 고향 친구의 처조카가 잠시 머물게 됐다. 그녀 역시 전쟁중 부모 형제를 잃었다. 집까지 잃고 일자리를 구하기 위해 상경했다. 할아버지는 그녀의 가느다란 손목을 보자마자 생각했다고 한다. 내가 잡았다간 부러지고 말겠구나.

"보자마자 손목 잡을 생각을 왜 해?"

해미 말에 지창씨가 피식 웃었다.

할아버지는 점잔 빼는 사람이 아니었다. 누구와도 잘 어울렸고 농

담도 즐겼다. 하지만 고향 친구의 처조카 앞에서만은 조심했다. 그녀가 자신의 거침없는 행동과 말에 놀랄까봐 밤이 돼서야 돌아왔고, 새벽이면 조용히 자루를 메고 일을 하러 갔다.

"어디 아파요?"

일을 구하러 간 공장마다 사람들이 그녀에게 물었다.

"아뇨. 근데 다 그렇게 물어보네요."

그녀는 힘없이 웃었다.

"아픈 것 같은데⋯⋯ 진짜 아니에요?"

선뜻 그녀를 쓰겠다는 데가 없었다. 그녀는 종일 공장단지를 쏘다니다 아무런 소득 없이 돌아왔다. 마루에 앉아 밤이 깊을 때까지 라디오에서 나오는 팝송을 들었다. 서툰 발음으로 따라 부르는 그녀의 노랫소리가 잠든 할아버지의 고막 안으로 흘러들었다.

하루는 그녀가 취업이 됐다며 보따리를 챙겼다. 할아버지에게 떠나기 전에 가고 싶은 데가 있다고 했다. 그들은 아침 일찍 창경원으로 가는 버스를 탔다. 벚꽃 구경을 하겠다고 거리로 나온 건 그들만이 아니었다. 할아버지도 그렇게 엄청난 인파는 피난 때 이후 처음이었다. 무슨 줄인지도 모르고 서 있다 수정궁 호수에서 보트를 탔고, 역시나 무슨 줄인지 모르고 서 있다 벚꽃나무 아래서 사진을 찍었다. 사진사가 손짓하는 대로 그녀에게 다가간 그가 무슨 공장에 취직했냐고 물었다.

그녀는 수줍게 뭐라 뭐라 했다.

"무슨 공장이요?"

할아버지가 고개를 갸웃했다.

그녀가 배시시 웃으며 소리쳤다.

"봄바람공장이요."

공장의 공장장은 물론 할아버지였다. 플래시가 터졌다. 그때 찍은 사진이 약혼 기념사진이 됐다.

어린 아내는 족두리를 쓰기 전에 배가 나왔다. 아내가 분만실에서 밤과 낮을 보내는 동안 그는 대기실에 우두커니 앉아 있었다. 대기실에는 그 말고도 서너 명의 남자들이 있었다. 물론 머리가 허옇게 센 선 할아버지뿐이었다.

그들은 모여앉아서 저녁 뉴스를 보고 있었다. 디즈니랜드가 개장을 했다. 쇼걸들이 폭탄머리를 하고 유쾌하게 웃었다. 레일 위 밥그릇 같은 통 속에 들어앉아 있는 부부와 아이도 웃었다. 동화에 등장하는 성과 거대한 숲을 카메라가 훑고 지나갔다. 쓰레기 더미에서 인생의 전반전을 치른 할아버지의 눈이 휘둥그레졌다. 특히 그를 사로잡은 것은 회전목마였다. 중앙에 세워진 기둥의 펄과 반짝이는 전구들 아래 빙글빙글 돌아가는 목마가 그의 망막에 새겨졌다. 그의 심장이 불규칙하게 뛰기 시작했다. 그는 실없는 사람처럼 키득거렸다. 허파에 바람이 들어간 게 바로 그때였다.

"간땡이가 부었다는 거야, 실없는 인간이 됐다는 거야?"

해미가 물었다.

"할아버지가 얼마나 성실한 사람이었는데…… 병에 걸린 거지."

마을에서도 뚝 떨어진 허허벌판에 할아버지는 철망을 둘렀다. 그러고는 넝마꾼들이 가져오는 고물을 사들이기 시작했다. 운이 좋았다.

고물상이 문을 열기를 기다렸다는 듯 종잇값과 철값이 치솟았다. 거래를 하겠다는 사람들이 줄을 섰다. 인간이 만들어낸 온갖 고물 잡화가 할아버지의 고물상에 모여들었다.

지창씨는 불법이라는 꼬리표를 단 것들이 진짜 돈이 됐다고 말했다. 그때 할아버지가 마음만 먹었다면 지금쯤 빌딩을 수십 채 올렸을 거라고 했다. 유감스럽게 할아버지의 관심을 끄는 건 그런 게 아니었다. 그는 반짝이는 것에 집착했다. 사람들은 별의별 것을 다 들고 고물상을 찾아왔다.

온갖 모양의 열쇠고리나 특이한 무늬가 그려진 깡통, 보물지도, 바구니, 불에 타서 얼룩덜룩한 책걸상, 주둥이가 깨진 단지, 다리 없는 소반, 어른 키만한 붓, 양철 풍구, 그림자가 생기지 않는 술병, 얼굴 없는 토끼 인형, 소원을 들어주는 코끼리 상, 피로 쓴 사랑의 맹세.

희한하게도 그들 손에 있을 때는 반짝이던 것들이 막상 할아버지 손에 들어오면 하나같이 쓰레기가 됐다. 할머니가 집을 나간 게 할아버지의 바람 때문인지, 아니면 할머니가 집을 나간 일이 할아버지의 바람을 부채질한 건지는 지금까지도 지창씨를 헷갈리게 하는 부분이었다.

1974년 겨울엔 유난히 눈이 많이 왔다고 지창씨는 기억했다.

큰 눈은 아니지만 모든 고갯길이 하얗게 눈으로 덮였다. 버스는 헛바퀴를 돌며 멈춰 섰다. 지하철이 없을 때니 출근길 사람들은 그대로 발이 묶였다. 쌓아놓은 고물 위도 눈으로 뒤덮였다.

나무에 쌓인 눈이 햇살을 받아 벚꽃처럼 보였다. 스무 살 아들이 마당을 쓸 동안 예순셋의 아버지는 나뭇가지를 흔들어대고 있었다. 아버지라는 작자가 애들처럼 무슨 짓이냐며 잔소리를 하던 지창씨가 문득 입을 다물었다. 거친 싸리비 소리가 사라지자 사방이 조용했다. 지창씨가 눈밭에 쓰러진 그를 발견했을 때는 몸 위로 눈이 소복이 쌓인 뒤였다.

"그러니까 너도 조심해."

지창씨가 심각한 표정으로 해미에게 말했다.

"내가 왜?"

"너는 너무, 잘 웃잖이."

해미야, 하고 부르기만 해도 웃고, 아무도 웃지 않는데 웃었다. 툭 건드리기만 해도 배꼽을 잡았고, 혼자 가만히 있다가도 참지 못하고 키득거렸다.

"그게 조심까지 할 일이야?"

"말했잖아. 유전병일 수도 있다니까."

"그럼 아버지는?"

해미가 지창씨를 올려다봤다. 지창씨는 절대 그럴 일이 없다는 듯 자신만만한 얼굴로 말했다.

"내 허파에도 바람이 들었으면 좋겠다."

사람이 뭐든 자신하면 안 된다. 지창씨의 허파에는 할아버지보다 더 빵빵하게 바람이 들었으니까.

뭉치면 죽고 흩어지면 산다

해미가 지창씨를 따라 고물상 일을 시작한 건 고등학교를 졸업한 뒤였다. 재수학원을 다닌 지 석 달이 지난 어느 날, 해미는 새벽같이 지창씨를 흔들어 깨웠다.

"왜?"

지창씨가 인상을 썼다.

"일하러 안 가?"

"가야지."

지창씨는 얼굴만 씻고 집밖으로 나섰다. 자신을 따라나서는 해미를 돌아보며 물었다.

"넌 어디 가?"

"아버지 따라 일하러 가지."

지창씨는 고물상 일이 쉬운 줄 아냐고 잔소리를 늘어놓았다. 그런다고 꿈쩍할 해미가 아니었다.

"고물상 일을 하려면 운전부터 할 줄 알아야 해."

그는 여전히 마땅치 않아하는 얼굴로 해미를 포터 운전석에 밀어넣었다. 지창씨는 기어 변속이 어떠니, 페달이 어떠니, 주절주절 설명했다. 사이드를 당겼다 액셀을 밟고 어쩌고저쩌고 또 한참 떠들어댔다. 해미는 건성건성 고개를 끄덕였다. 일종은커녕 이종 면허도 없는 해미에게는 아무 소용 없는 말들이었다. 열심히 떠들어라 했다. 저러다 말겠지 했다. 지창씨는 시뻘게진 얼굴로 말을 하다 말고 갑자기 액셀 페달을 밟았다. 당시만 해도 뽑은 지 삼 년밖에 안 된 1톤 포터는 해미의 의지와 상관없이 돌진했다. 해미는 핸들을 꽉 붙들고 놓지 않았다. 자신이 생각해도 놀라운 순발력이었다. 간신히 핸들을 꺾어 골목을 빠져나갔다. 그러나 정지신호 앞에서 브레이크 페달을 급하게 밟다 시동을 꺼뜨렸다. 지창씨 손이 기다렸다는 듯 해미의 뒤통수로 날아왔다. 해미는 핸들을 확확 돌렸다고 맞고, 브레이크 페달을 함부로 밟았다고 맞았다.

"시바, 눈알 튀어나온다고."

해미 입에서 욕이 튀어나왔다.

"잘했다. 운전하려면 욕도 좀 해야지."

지창씨가 내내 찌푸리고 있던 인상을 폈다. 욕을 했다고 칭찬을 듣게 될 줄 몰랐던 해미는 당황했다. 두 눈을 내리깔고 투덜거렸다.

"진짜 못해먹겠다니까 그러네."

신기하게 맞다보니 감이 왔다.

"그게 그런 거다."

역삼역사거리에서 신호를 받아 좌회전한 다음부터 해미는 겁이 없어졌다. 속도계 바늘이 꼿꼿하게 설 때까지 액셀 페달을 밟았다. 앞차가 속도를 줄이는 걸 보고 해미도 속도를 줄였다.

"어, 어, 왜 줄여?"

지창씨가 화를 냈다.

"그럼 어떻게 해? 받아?"

"받긴 왜 받아. 비키라고 하면 되지."

지창씨는 혀를 차더니 핸들에 붙은 깜빡이를 켰다. 시야를 막고 있던 앞차가 순순히 길을 터줬다. 해미는 팔에 힘을 빼고 어깨를 폈다. 목소리에도 여유가 생겼다. 포터는 가로등이 켜진 새벽 도로를 달려나갔다.

"근데 속도를 이렇게 내도 괜찮은 거야?"

슬그머니 걱정이 됐다.

"속도 하나 제대로 못 내는 인간은 도로에 나올 자격이 없어."

지창씨는 단호하게 말했다.

"제한속도가 있는데?"

"안 그럼 사고난다고."

"무슨 소리야? 제한속도를 안 지키면 사고나지."

해미는 반박했다.

"바보 같은 소리 말고 앞이나 똑바로 봐."

지창씨는 마지막 한 모금을 빨고 난 라일락을 손가락으로 튕겨 어스름 속으로 날려보냈다.

언주역사거리를 지나 신호등 세 개를 통과했다. 학동사거리에서 좌

회전 신호를 받고 꺾어진 포터는 농협 건물 골목으로 들어섰다. 저 앞에 동사무소 건물이 보였다. 동사무소를 오른쪽으로 두고 붉은 벽돌담장을 돌아 들어갔다. 오래된 빌라들 틈에 끼인 고물상 입구가 보였다. 마당으로 들어서자 이십대 초반의 남자가 비니 방울을 흔들며 다가왔다. 비니는 밝은 개나리색이었다. 백미러로 그를 확인한 지창씨의 입꼬리가 올라갔다.

정신없이 일이 쏟아지던 연말, 지창씨는 인력소개소에 전화를 했다. 두어 달 농안 일해줄 인부기 필요하다는 전화 한 통에 젊은 남자 둘이 왔다. 한 명은 공사판 경험이 있는 휴학생이었다. 또 한 명은 파견직이긴 해도 번듯한 전자회사를 다녔다고 했다. 지창씨가 보기에 하나는 따데기고, 하나는 물랭이였다. 플라스틱 중에서도 물에 뜨는 가벼운 게 물랭이다. 나머지를 보통 따데기라고 불렀다. 지창씨는 키만 컸지 힘을 쓸 것 같지 않은 파견직 물랭이에게 그렇게 좋은 데서 일하던 사람이 어떻게 이런 데서 일하겠냐고 물었다. 떨궈낼 꼬투리를 잡을 셈이었다. 파견직 물랭이는 일이 힘들어서 그만둔 게 아니라며 억울해했다.

"일을 마무리할 시간이 됐는데 팀장이 모이라는 거예요. 뜬금없이 가위바위보를 하라는 거 있죠."

다음은 안 들어도 뻔했다. 진 사람 모가지가 댕강 날아간 것이다. 지창씨는 그럼 여기서도 가위바위보를 한번 해보라고 했다. 가위를 내고 졌다는 물랭이는 또 가위를 내고 졌다. 넋이 나간 그의 얼굴을 보자 지창씨는 안됐다는 생각이 들었다. 그렇게 해서 채용이 된 물랭이에게 지창씨는 해미를 맡겼다.

"하군아, 이 녀석한테 일 좀 줘."

하군은 빨간색 목욕탕 의자를 가져와 바닥에 내려놓았다. 오십 권이 넘는 책을 세 번에 걸쳐 들고 와서는 해미 앞에 성벽을 쌓듯 쌓아올렸다. 어두운 녹색 표지에 금박으로 세계대백과사전이라고 적혀 있었다.

하군은 해미 옆에 쪼그려앉더니 조끼 아래 주머니에서 커터 칼을 꺼냈다. 백과사전의 두꺼운 양장본 표지를 한 손으로 잡았다. 표지와 속지 사이 접착제와 실, 거즈가 붙은 안쪽에 칼을 넣고 거미줄 떼어내듯 죽 그어내렸다.

"왜 뜯어? 살 사람이 있을지 모르잖아."

해미는 자신도 모르게 그의 손목을 잡았다.

"중고로 못 파니까 버린 거잖아."

그는 나른한 목소리로 덧붙였다.

"여기 오면 책이 아니야."

"책이 아니면 뭔데?"

"파지."

하군이 해미에게 커터 칼을 내밀었다. 해미는 칼을 받아들었다. 그가 했던 것과 같은 방법으로 표지를 떼어냈다. 그의 입에서 나오는 휘파람 소리가 만족의 의미라는 걸 알 수 있었다.

"여성지나 패션잡지 이런 게 진짜 좋아."

말을 하면서 하군이 또 웃었다.

"그런 거 좋아해? 여자 그림 많은 거?"

해미는 그를 놀려먹으려고 잔뜩 벼르며 말했다. 그러나 하군은 해미가 하는 말을 있는 그대로 받아들였다.

"무게가 많이 나가잖아."

"표지를 떼어내면 무게가 줄잖아."

"표지 따로, 스프링 따로, 속지 따로, 다 따로따로 해야 최고가를 받아. 아무것도 안 붙어 있는 A4용지가 대접을 받는 거지. 글씨가 인쇄 안 된 거면 더 좋고. 완전 백지상태."

무슨 재미난 생각이 났는지 하군은 한쪽 입꼬리를 올린 채 말을 이었다.

"무조건 따로 떨어뜨려놓아야 해. 하다못해 책도. 뭉치면 죽고 흩어지면 사는 거지."

야구점퍼에 스냅백을 눌러쓴 여자가 하얀 입김을 뿜어내며 리어카를 씩씩하게 끌고 들어섰다. 하군이 달려갔다. 그는 바닥저울을 통과한 리어카에서 책을 내렸다. 사무실 안에 들어갔다 나온 여자의 손에 만원짜리 지폐 한 장과 동전이 들려 있었다. 잠시 후 백 권의 책이 해미 앞에 떨어졌다.

"대체 이걸 언제 다 해?"

해미는 죽을상을 했다.

"두 시간이면 하지 않겠어?"

하군이 말했다.

"돈이 얼마나 되는데?"

"한 시간 작업하면 구백원은 될걸."

갑자기 하군 목소리가 작아졌다.

아홉시가 돼서야 동사무소 앞 백반집에서 삼천원짜리 백반 오인분이 도착했다. 목욕탕 의자에 두 시간을 쪼그려앉아 있던 해미는 처음으로 허리를 폈다. 식사를 마치기 무섭게 지창씨가 해미에게 차 키를 던져줬다. 시동을 걸고 기다리라고 했다.

"어딜 가게?"

"밥값은 마저 해야지."

해미는 지창씨가 시키는 대로 차를 몰았다. 주택가 골목은 한산했다. 별 어려움 없이 두 블록을 지나 목련공원 앞 L씨 빌딩에 포터를 세웠다. 일층에 떡집과 세탁소가 있는 오층 높이의 자그마한 건물이었다.

해미는 경비원이 손짓하는 대로 지하주차장으로 무사히 차를 끌고 들어갔다. 이번에는 지창씨의 손이 날아들지 않았다.

불과 삼십 분 안에 포터의 짐칸이 코끼리를 먹은 보아뱀이 됐다. 성인 키 두 배 높이가 되는 어마어마한 양의 폐자재와 고물이 포터에 실렸다. 포터가 얼마나 위대한 차인지 해미는 실감했다. 지창씨가 차 키를 달라고 했지만 해미는 내주지 않았다.

"밥값은 마저 해야지."

그녀는 배짱 좋게 시동을 걸었다. 지창씨가 이번에는 걱정스런 눈길로 해미를 바라봤다. 지하주차장을 빠져나온 포터는 금방이라도 고꾸라질 듯 한쪽으로 휘청했다. 해미는 커브를 틀며 속도를 유지했다. 말 그대로 차가 획 돌아갔다. 등에서 식은땀이 흘렀다.

"짐이 없을 때보다 차가 더 잘 나가네."

해미가 말했다.

"그러라고 만든 차니까, 포터는."

지창씨가 가만히 대꾸했다.

"눈 올 땐 벽돌 몇 장씩 꼭 싣고 다녀라."
"왜?"
그제야 지창씨의 손이 해미의 뒤통수로 날아왔다.
"아까 말했잖아. 앞바퀴 안 돌아간다고."
"그러니까 왜 앞바퀴가 안 돌아가게 만든 거냐고?"
"말했잖아. 포터는 짐 싣는 차라고."
개나리공원을 지날 때 지창씨가 좁은 골목으로 들어가라고 손짓했다. 냉장고나 텔레비전, 노드북, 밥통이나 조명, 버린 휴대폰이 마중 나온 듯 골목마다 서너 개씩 꼭 있었다.
"여기 있는 줄 어떻게 알았어?"
해미가 묻자 지창씨는 심드렁하게 대꾸했다.
"내가 어떻게 알아? 얘들이 알아서 골목에 나와서 기다리고 있는 거지."
고물은 타이밍이 중요했다. 먼저 발견한 사람이 임자였다. 물건이 나올 시점을 잘 잡아 때맞춰 돌아다녀야 했다. 그러니까 지창씨는 그것들이 언제 나와 있을지 알고 있었다. 밝은 눈과 오랜 경험이 없다면 불가능한 일이었다. 언젠가 한번은 길거리에 쌓여 있는 파지를 해미가 가지고 온 적이 있다. 새빨간 몸빼를 입은 할매 하나가 들어와 다짜고짜 지창씨 멱살을 잡았다. 주위에서 뜯어말려서야 멱살을 놓았다. 자신이 모아놓은 파지가 여기로 들어오는 걸 본 사람이 있다는데 어떻게 된 일이냐고 따져 물었다. 해미가 나서려고 하자 지창씨가 막아섰다. 그는 묻지도 따지지도 않고 오천원짜리 지폐 한 장을 내주었다. 사람 손길이 조금이라도 닿았다 싶으면 건드리는 게 아니라는 걸 해미는 그렇게 배웠다.

짐은 포터에서 내려지는 대로 해체작업에 들어갔다. 집게차 기사까지 네 명의 남자들이 달라붙었다. 그들은 일일이 눈으로 확인하고 손으로 만져본 다음 고물더미를 향해 던졌다. 어떤 건 스뎅더미로, 어떤 건 고철더미로 알아서 척척 붙었다. 지창씨는 혹 섞여 들어가는 게 있는지 눈을 부릅뜨고 지켜봤다.

"눈이 보배야.

사람들이 왜 사기당하는 줄 아니? 스뎅이라고 샀는데 알고 보니 고철이고, 구린 줄 알고 샀는데 고철이고, 그런 식인 거야. 속이는 사람이 나쁜 게 아냐. 속는 사람이 바보지. 왜냐니, 구리하고 고철 구분도 못하면서 돈을 벌겠다고 뛰어들면 양심이 있는 거냐, 없는 거냐? 똥인지 된장인지 정도는 구분을 해야 하는 거잖아. 샤시는 알루미늄인데, 알루미늄은 알지? 단가가 다 달라. 양은이 제일 싸. 양은이 뭐냐니, 양은이 뭔지 몰라? 냄비나 엔진 케이스 그런 게 다 양은이다. 봐라. 노란빛이 나잖아…… 눈으로만 봐도 노란 게 신주야. 킬로당 사천원. 고철은 킬로당 육백원. 그러니까 몇 배냐? 일곱 배 가까이 되잖아. 참, 스뎅은 뭔지 알지? 그래, 흔하디흔한 거. 샤시는 이천백원. 괜찮지…… 이물질이 없는 게 무조건 좋아. 볼트 하나라도 박혀 있으면 B샤시. 아무것도 안 붙은 게 A샤시. A샤시, B샤시 섞여 있으면 B샤시 가격밖에 못 받아."

해미가 할 일은 간단했다. A샤시, B샤시를 분류해놓기만 하면 됐다. 아무것도 붙어 있지 않은 깨끗한 것들은 냅다 던졌다. 볼트나 경첩이 박혀 있으면 풀어서 분리를 했다. 하루종일 아무 생각 없이 골라 던지기만 했는데 잘했다는 소리를 들었다.

다음날은 피복 제거 기계 다루는 걸 배웠다. 기계 안에서 구리가 엿가락처럼 전선 껍질을 벗고 나왔다. 지창씨가 시범을 보이면 웬만큼은 다 흉내를 냈다. 수식을 쓰고 미지수를 구할 때는 돌아가지 않던 머리가 팽팽 돌아갔다. 힘도 꽤 썼다. 컴퓨터나 엔진, 작은 냉장고 정도는 군소리 없이 들고 날랐다. 나이가 지긋한 일꾼 하나가 해미에게 시비조로 물었다.

"넌 어째 남자애들보다 힘이 좋으냐?"

칭찬인지 욕인지 알 수 없었지만 지창씨가 너무 크게 웃어버려서 해미도 따라 웃었다.

핸들을 잡은 지 석 달 만에 해미는 면허시험에 합격했다. 정지신호 앞에서 시동을 꺼뜨리는 실수는 하지 않았다. 대신 커브를 돌 때 지나치게 터프하게 도는 바람에 차창에 머리를 박은 오십대 남자 시험관이 해미를 한참 노려봤다.

가위를 내다

퇴근길, 지창씨는 영동시장에 들러 삼겹살을 샀다. 신문지를 펼쳐 거실에 깔고 브루스타 앞에서 삼겹살을 구웠다. 해미는 구워진 삼겹살 한 점을 입에 넣으며 그날 낮에 金부동산 김이 왜 불이 나게 전화를 해댔는지 물었다.

"궁금해?"

"응."

지창씨는 잠자코 잔에 소주를 가득 따라 내밀었다.

"마셔."

해미는 담배는 피워도 술은 입에 대지 않았다. 이상하게 몸에서 잘 받지 않았다. 지창씨도 모르지 않았다. 그러나 그날만은 마실 때까지 조를 기세였다. 귀찮아서 마셨다. 중간에 쉬지 말라고 해서 쉬지 않았고, 죽 들이켜라고 해서 죽 들이켰다.

"뜨거워."

목구멍이 타들어가는 것 같았다. 지창씨는 해미에게 다시 술을 따라 내밀었다.

"이제 씨원하지?"

"써."

해미는 인상을 썼다.

"쓰기만 해?"

"써."

그럴 리 없을 거라고, 다시 마셔보라고 했다. 두번째 잔을 비우기도 전에 양볼과 목이 새빨개졌다. 입가 근육이 헤실헤실 풀어졌다. 세 잔째엔 엉덩이가 지구 표면과 쿵, 하고 만났다. 해미는 큰일이 난 것 같다고 했다. 이러면 안 될 것 같다고, 뭔가 잘못된 것 같다고 다리를 죽 뻗은 채 횡설수설했다. 그러곤 지창씨 대답을 듣기도 전에 뻗어버렸다.

지창씨는 아버지 장례를 치르고 한동안 친척들에게 시달렸다. 그들은 졸지에 혼자가 된 지창씨를 도와준답시고 밤낮으로 고물상을 들락거렸다. 그러고는 뭐가 못마땅한지 지창씨를 볼 때마다 혀를 찼다. 지창씨가 목장갑을 끼기만 해도 혀를 찰 준비를 했다.

네 아버지는 네 나이에 하루에 세 시간도 자지 않았는데. 동료들이 한 번 자루를 비워낼 때 네 아버진 두 번, 세 번씩 비워냈다, 쓰레기 무게도 늘 두 배였고 챙겨가는 돈도 늘 두 배였다, 그걸로도 성에 차지 않아서 신문까지 돌린 게 네 아버지다. 네 엄마가 바람이 나서 도망가지만 않았어도……

지창씨는 그들을 내쫓고 철문을 닫아걸었다. 그들이 허리가 꼬부라지고 거동이 불편해졌을 때, 지병으로 죽어나갈 때도 고물상은 건재했다. 지창씨에게도 요령이 생겼다. 그는 막무가내로 몸을 쓰지 않고도 무겁고 큰 고철을 가뿐하게 들어 날랐다. 겉으론 같아 보이는 것들도 성분이 어떻게 다른지, 어떤 성질을 가지고 있는지 한눈에 파악했다. 지창씨는 게으름을 피우지도 않았지만 악착같이 일에 매달리지도 않았다. 그의 눈길을 받기만 해도 모든 것들이 저절로 알아서 굴러갔다. 지창씨가 가장 빛나던 그때, 아이러니하게도 경제적으로는 최악의 위기에 몰렸다.

어머니가 말도 없이 집을 나갔을 때 어린 지창씨는 베개에 얼굴을 묻고 울었다. 그녀가 암을 안고 돌아왔을 때 지창씨는 아내 덕에 병원이라면 이골이 난 상태였다. 지긋지긋한 병원 냄새와 표정 없는 의사들, 보조침대에서 보낸 좁고 딱딱한 밤들, 의사들보다 더 자주 얼굴을 보게 되는 접수창구 직원들, 지나치게 친절해서 부담스러운 간호사들.

일 년 간격으로 어머니와 아내의 장례를 치르게 되기까지 꽤 오랜 세월 지창씨는 병원에 돈을 갖다 바쳤다. 밑 빠진 독이 따로 없었다. 벌이가 아무리 좋아도 감당이 안 됐다. 독을 완전히 부숴준 건 다름 아닌 정우성이었다.

해미는 그를 볼 때마다 지하철 환풍구에서 들이마시게 되는 기분 나쁜 열기와 냄새를 경험했다. 그는 지창씨와 초등학교 동창이라는 이유로 내킬 때마다 소주를 사들고 찾아왔다. 족제비처럼 생긴 얼굴에 찢어진 두 눈이 유난스레 반짝였다. 이름만 정우성이지 전혀 정우성을 닮지 않은, 이름까지 사기 같은 인간이었다.

정우성은 컨테이너 사무실에 앉아 지창씨 일이 끝나길 기다렸다. 갑자기 출근할 회사를 잃고는 더 자주 왔다. 삭막한 컨테이너 사무실은 깡소주를 벌컥벌컥 들이켜기에 어색함이 없는 장소였다. 지창씨는 냉장고를 뒤져 남은 반찬을 꺼내놓았다. 메추리알장조림 서너 알일 때도 있고, 몇 가닥의 어묵볶음이나 우엉볶음일 때도 있었다. 정우성은 지창씨를 붙들고 이런저런 잡소리를 늘어놓았다. 하루는 배달 안 되는 음식을 배달해주는 서비스 같은 걸 함께 해보자고 했다. 하루는 정치하는 인간들이야말로 진짜 쓰레기라고 했다. 하루는 월드컵 본선에서 탈락한 축구선수들 욕을 했다. 그때는 지창씨도 함께 욕을 했다. 결정적 찬스는 다 놓치는 멍청한 스트라이커를 욕하지 않을 재주는 없었다. 하루는 술도 마시지 않고, 넋두리도 하지 않고 갔다. 처음 있는 일이었다. 그가 가고 난 뒤 해미는 화이트보드에 낯선 글씨체로 적힌 숫자를 봤다.

+50.

"저게 뭐야?"

해미가 묻자 지창씨는 알 수 없는 표정을 지었다. 뭐냐고 다시 따져 묻자 마지못해 대꾸했다.

"차용증."

정우성은 퇴직금을 가지고 의류사업을 시작했다. 당장 입금할 현금이 부족했을 때 그의 머릿속에 떠오른 게 지창씨의 고물상이었다. 고물상은 늘 현금만 취급했다. 정우성은 금고에 든 현금이 어느 정도인지, 아침과 저녁이 어떻게 다른지, 월초와 월말의 매출 차이가 어떤지를 지창씨보다 더 잘 알고 있었다.

-30, +100, -90, +150, +130…… 플러스와 마이너스가 어지럽게 오가며 교실 칠판처럼 된 화이트보드는 정우성이 벤츠를 타고 다닐 때도 여전히 플러스였다. 아니, 사업이 잘될수록 플러스 값이 커졌다.

매일매일 점을 찍고 가던 정우성이 어느 날부턴가 발길을 끊었다. 무슨 일이 있냐고 묻는 지창씨의 문자에 답이 온 건 사흘이 지난 뒤였다.

'망했다. 다 망했다.'

정우성에게서 온 문자가 지창씨의 뺨을 때렸다. 오 분 뒤에 그가 보낸 문자는 지창씨의 다른 쪽 뺨도 마저 때렸다.

'다 너 때문이다. 네가 더 빨리, 더 큰 돈을 주지 않아서야.'

나중에 안 사실이지만 해미가 소주 세 잔을 먹고 뻗은 날, 지창씨는 매매계약서에 사인을 하고 고물상을 넘겼다. 거기에 십 년 동안 무상임대를 한다는 단서가 붙었다. 지창씨는 자기 고물상에 세를 들게 됐다.

돈을 벌어 땅을 사들이면 된다며 책임지지도 않을 말을 날린 건 金부동산의 김이었다. 김은 일주일에 두 번씩 승용차에 파지를 싣고 왔다. 그는 고객 관리도 소홀히 하지 않아서 십여 분씩 지창씨와 담소를 나누고 갔다. 땅이며 건물 시세에 대해서 시시콜콜 알려주었다.

지창씨가 고물상을 담보로 은행빚을 지고 있다는 걸 알게 된 뒤로 김이 컨테이너 사무실에서 머무는 시간이 길어졌다.

하루는 김이 와서 말했다.

단순하고 단단한 맛

“하군 혼자 앉아 있으면 그냥 그런가보다 하는데, 왜 해미 옆에만 있으면 다소곳해 보일까. 이상하지 않아?”

그 말을 한 건 민머리 장이었다. 해미와 하군이 잠시만 붙어 있어도 민머리 장에게 놀림감이 됐다. 민머리 장은 하군과 달리 단단한 근육이 몸에 딱 붙어 있었다. 누구와 맞붙어도 쉽게 질 것 같지 않은 근성도 있어 보였다. 거기다 민머리와 콧수염이 강렬한 인상을 주는 데 큰 역할을 했다. 하군을 물랭이로 만든 따데기 휴학생이 바로 그였다.

지창씨가 가위바위보를 시킨 일은 뜻하지 않게 두 남자에게 오기를 불러일으켰다. 누가 누가 더 오래 버티나 내기하듯 둘 다 열심히, 하루도 빠지지 않고 나왔다. 일에 있어서는 까탈스럽고 깐깐한 지창씨 밑에서 반년 이상 버틴 건 그들이 유일했다. 지창씨는 그들에게 집게차 기사만큼의 월급을 줬다. 고물상을 차리기만 하면 돈을 번다던 때였다. 그때는 뭘 해도 됐다. 꿀을 빠는 호황이 절정에 이르렀을 때였으니까.

"야, 네가 하군 엄마라도 되냐?"

민머리 장이 물었다.

지창씨가 집게차 기사와 잡철들을 싣고 고물상을 나설 때였다. 하군은 비니 방울을 흔들며 골목 끝에 있는 마트까지 숨넘어가게 뛰어갔다 도로 뛰어왔다. 민머리 장과 가끔 일손이 부족하면 부르는 일꾼 하나가 담벼락에 딱 붙어앉아서 하군이 내민 아이스바를 받아 먹었다.

"무슨 헛소리야?"

평소라면 못 들은 척했겠지만 엄마라는 말에 해미는 발끈했다.

"해미 네가 부르면 하군이 엄청 신나하면서 달려가잖아."

민머리 장의 말에 일꾼 하나가 능글맞게 웃었다. 하군이 귀찮을 정도로 해미를 따라다니긴 했다. 어미 뒤를 졸졸 쫓아다니는 오리 새끼였다.

"쟤가 나보다 세 살이나 많아."

해미는 항변했다. 나이도 많지만 여자친구도 많았다. 영애, 미연, 소영, 지혜. 매일 다른 여자애들 이름이 휴대폰 액정에 떴다. 친구들도 자주 전화를 했다. 해미가 보기에 하군이 어울리는 친구들은 다 양아치들이었다. 대낮부터 술집에 죽치고 앉아 시시껄렁한 소리들을 해댔다. 한 방에 대박칠 수 있는 사업 아이템만 줄창 뇌까려댔지만 대부분이 이 동네에서 좀 산다 하는 집 애들이었다. 하군 역시 태어나서 줄곧 이 동네에 살다 고등학교 때 전학을 갔다. 하군이 어울리는 건 전학 가기 전 알던 친구들이었다. 기자나 아나운서 시험 준비를 하는 치도 있고 부친의 사업체를 물려받게 될 치들도 있었다. 하군은 그들과 어울리느라 후진 방 한 칸에서 제대로 먹지도 못하고 비싼 월세를 감당하고 있었다.

"그럼 오빠라고 불러야겠네."

하군과 동갑인 민머리 장이 끼어들었다. 해미는 화난 목소리로 하군을 돌아보며 말했다.

"야, 그냥 엄마라고 불러."

하군이 엄마, 엄마 하며 해미를 쫓아다니면 해미는 있는 힘껏 그의 등짝을 쳤다. 하군은 심하게 엄살을 부리며 아픔을 호소했다. 해미가 하군 등짝을 쳐대는 소리가 담벼락을 넘어가는 날도 종종 있었다. 그러면 민머리 장이 어김없이 한마디 했다.

"살살 좀 해라."

기온이 올라가자 이른 새벽부터 고물상 문 앞에 리어카, 유모차, 딸딸이가 진을 쳤다. 새벽에 고물을 팔고 한낮의 땡볕은 피해보겠다는 생각들이었다. 지창씨는 마당에 수시로 물을 뿌려 올라오는 먼지를 가라앉혔다. 조금이라도 돈을 더 받을 수 있게 파지에도 물을 잔뜩 뿌렸다.

쉼없이 구루마, 리어카, 차 들이 고물상 안으로 들어섰다. 사람들은 파지나 잡철, 구리, 스테인리스, 알루미늄과 헌옷을 부려놓았다. 직원들은 무게를 재고 가격을 매기고 분류를 했다. 오후에는 철거작업을 가거나 주변 건물에서 받아온 고철을 종류별로 분류했다. 한여름이 되자 다들 제정신이 아니었다. 해미는 하루종일 목욕탕 의자에 앉아 구리와 철을 분리하는 작업을 했다. 쇠망치로 툭툭 두드리면 철조

각에 말려 있는 구리가 떨어져나갔다. 언뜻 같아 보여도 단가가 천지 차이였다. 다리가 저려왔고, 어깨가 아팠다. 고개를 드는 순간 눈앞이 캄캄했다. 해미의 이마에서 식은땀이 흘러내렸다. 머릿속에서 무거운 추가 크게 회전을 했다. 이대로 쓰러지겠다 싶어 일단 일어섰다. 지창씨가 얼음주머니를 들고 다가오는 게 보였다. 천천히 다가온 그가 아주 빠른 동작으로 얼음주머니를 해미의 머리 위에 얹었다.

"정신 차려, 이놈아."

지창씨는 쓰고 있던 챙 넓은 등산모자를 벗어 얼음주머니 위에 얹은 뒤 해미의 머리통을 꽉 눌렀다. 머릿속이 텅 비면서 목구멍을 막고 있던 묵직한 공기가 푹 꺼졌다. 긴장이 풀리자 비실비실 웃음이 새어 나왔다. 쯧쯧, 지창씨가 혀 차는 소리를 냈다.

해미만이 아니었다. 오후 다섯시에서 여섯시 사이가 되면 다들 멍해 있었다. 하군을 부르는 지창씨 목소리가 들려온다. 마트까지 달려갔다 달려오는 하군의 발소리가 들려온다. 벌써 갔다 왔어? 사람들이 놀라 물으면 하군은 활짝 웃었다. 그가 사오는 아이스바는 언제나 단단하고 차가웠다. 그들은 그늘이 있는 담벼락에 쪼르르 서서 푹푹 찌는 열기를 가라앉혀가며 아이스바를 까 먹었다. 잠깐 바닥에 둔 아이스바 봉지에서 흘러나와 생긴 물 웅덩이에 파리가 앉았다. 뾰족한 주둥이를 내밀고 물을 빨아먹는 모습을 해미와 하군은 숨을 죽인 채 한참 바라봤다.

하군이 사들고 오는 아이스바가 다섯 개였다, 네 개가 됐다 다시 세 개가 됐다. 일꾼들이 몰던 1.4톤 트럭 한 대를 팔고 얼마 뒤 민머리 장이 그만뒀다. 집게차와 집게차 기사가 함께 사라졌다. 하군이 그만두고 나서는 해미가 아이스바를 사왔다. 지창씨와 둘만 남았을 때, 늘 같은 맛이라고 생각했던 단순하면서 단단한 그 맛은 더이상 나지 않았다.

가장 추운 날

하군까지 내보내고 난 그해 겨울, 해미와 지창씨는 종일 컨테이너 밖으로 나오지 않았다. 마당에 물을 뿌리면 그대로 살얼음판이 됐다. 기온은 계속해서 바닥으로 떨어져 매일매일이 가장 추운 날이 됐다.

지창씨와 해미는 소형 전기스토브 하나씩을 발아래 두고 컨테이너 창 너머로 내리는 눈을 바라봤다. 눈이 바닥에 착지하는 방식과 바람이 불 때마다 흩날리는 방향이 달라지는 모습을 지켜봤다.

"나가볼까?"

해미가 말했다.

"이런 날은 나가봤자야. 기름값도 안 나와."

지창씨가 심드렁하게 말했다.

"혹시 알아? 애먼 놈 하나 얻어걸릴지?"

"빙판길에 미끄러지면 골로 가는 애먼 놈이 누굴까?"

"드럽게 재수없는 놈이겠지."

해미는 소파 팔걸이에 턱을 괴고 엎드렸다. 냉장고가 윙윙댔다. 해미는 아, 아, 아, 아파, 하며 턱뼈가 아플 만큼 한참 동안 그러고 있다 프라이팬 위의 전을 뒤집듯 몸을 뒤집었다. 해미가 조금만 움직여도 소파는 기분 나쁜 소리를 냈다. 해가 저물었다. 눈이 그쳤다. 벽 모서리에 자신의 키 높이만큼 쌓여 있는 파지뭉치가 해미 눈에 들어왔다. 고물상을 다녀가는 사람들 중 책을 살 만한 사람이 있을지 몰라 해미가 빼둔 것들이었다. 지창씨가 그것들을 눈에 젖지 않게 사무실 안으로 옮겨다놓았다.

해미는 무심코 팔을 쭉 뻗었다. 그것들 중 하나가 딸려오기라도 할 듯 해미는 손을 파닥였다. 그러나 손이 닿기에는 거리가 있었다. 보다 못한 지창씨가 쌓여 있는 것들 중 툭 튀어나온 걸 해미 손에 쥐여줬다. 표지가 없는 파지뭉치 하나가 해미 품에 들어왔다.

온갖 소음으로 불평불만을 쏟아내던 소파와 냉장고가 일시에 입을 다물었다. 해미는 곧 몸을 일으켜세우고 앉았다. 해미의 눈이 빠르게 문장을 훑어내려갔다. 세로쓰기로 된 고리타분한 디자인이 아무런 방해도 되지 않았다.

"재밌냐?"

지창씨가 물었다. 해미가 읽고 있던 것이 바로 허파에 바람 든 남자 이야기였다. 해미는 허파에 바람 드는, 무시무시한 유전병이 자신에게 있다는 것도 알게 됐다. 눈에 묻힌 할아버지의 품속에서 발견한 것이 흐릿한 이목구비를 한 자신의 돌 사진이었다는 말을 하면서 지창씨는 눈시울을 붉혔다. 주인공 '나'는 결국 수능을 치르지 못했다. 재수학원인 줄 알고 들어간 학원에서 네일아트를 배우게 된다.

"남자가 네일아트라니."

지창씨가 혀를 찼다.

그는 일요일을 빼고 매일 학원에 나가 일곱 시간씩 실습훈련을 했고 결국 네일리스트가 됐다.

"돈을 더 벌어서 숍을 차리려고 열심히 출장을 다녔대."

"숍을 차렸어?"

지창씨가 물었다.

"호스트가 됐대."

"어쩌다?"

"어쩌다."

침묵이 흘렀다. 전화벨이 울렸다. 둘은 숨을 죽였다. 그렇게 우렁찬 소리를 낼 수 있는 물건이 사무실에 있었나 하는 얼굴로 서로를 바라봤다. 전화벨이야 하루에도 몇 번씩 울리는 것이니 새삼스러울 것도 없는 일이었다.

지창씨는 수화기를 들었고 한동안 말이 없었다. 해미는 열쇠가 주렁주렁 달린 묵직한 차 키를 움켜쥐었다. 이제 고물상도 고객이 찾아오길 마냥 기다리고 있을 수 없었다. 다들 방문출장을 다녔다. 지창씨도 스티커를 만들어서 여기저기 붙여놓았다. 고물상 담벼락에도 '힘들게 직접 가져다주실 필요 없습니다. 전화 한 통만 하세요'라고 쓰인 현수막이 걸렸다. 동남아로 옷을 넘기는 업체가 생겨나자 헌옷도 돈이 됐다. 해미가 청바지를 좋아하게 된 게 그뒤부터였다. 무게가 많이 나가는 옷들이 반가웠다. 재활용수거함을 서너 개만 가지고 있어도 먹고산다는 소리가 나왔다.

지창씨가 응, 하더니 다시 응, 응, 했고, 응, 하더니 말이 없었다. 해미는 들었던 차 키를 조용히 내려놓았다. 분명 헌옷이나 고물을 수거해가라는 전화는 아니었다. 통화를 마친 지창씨가 수화기에 손이 붙어버린 사람처럼 꼼짝하지 않았다.

"누군데?"

해미가 묻자 지창씨는 미간부터 찌푸렸다.

"정우성."

그 인간 이름을 듣자 해미는 알았다. 곧 무언가가 성큼 다가와 자신과 아버지에게 어두운 그림자를 드리우리라는 걸.

지창씨도 한동안 말을 잇지 못했다. 지창씨의 양쪽 뺨을 때리고 떠난 작자. 불과 며칠 전 일인 듯 지창씨 얼굴이 시뻘게졌다.

"돈 갚아주겠대?"

해미는 아무렇지 않은 얼굴로 물었다.

"정우성이한테 당숙이 있대."

"당숙한테 돈이 있대?"

"당숙한테 딸이 있대. 딸이 사는 캐나다로 갑자기 이민을 가게 됐대."

당숙이 필요한 짐만 싸들고 급하게 가게 됐다고 했다. 당숙이 정우성에게 집에 있는 물건들을 정리해달라고 부탁했다. 당숙이라고는 해도 아버지 같은 분이다, 어려울 때마다 돌봐주신 분이다, 뭐 그런 소리를 정우성은 장황하게 늘어놓았다고 했다.

"그렇게 애틋한데 왜 본인이 직접 안 하신대?"

"나돌아다닐 처지가 아니잖아."

지창씨 동공이 잠깐 흔들렸다.

해미는 와, 하고 탄성을 질렀다.

"진짜 양심 없는 인간이네. 아무리 부탁할 사람이 없어도 그렇지, 아버지한테 그런 부탁을 해? 얼마나 만만해 보이면 그럴 수가 있어?"

방방 뛰던 해미가 문득 지창씨에게 물었다.

"근데 공짜로?"

"돈이 될 만한 게 있으면 가지고 가라는데……"

지창씨가 말끝을 흐렸다.

"그런 게 있다면 벌써 정우성이 가져갔겠지. 단 한 푼이라도 아쉬울 텐데."

해미는 잠시 품었던 소박한 기대를 접었다.

"사무실 철거하는 거하고 다를 것도 없지, 뭐."

이미 동공에 지진이 일어난 지창씨는 해미의 눈치를 살폈다.

"어차피 사무실 철거는 따로 돈을 받지 않았잖아."

철거하면서 나온 피복전선이나 고철, 전깃줄로 품삯을 대신했다.

"그래서 하겠다고?"

"어차피 할 일도 없잖아."

"괘씸하잖아."

"괘씸하지."

"그럼 하지 마."

하지 않겠다는 다짐을 받았다. 그러나 날이 밝자 식탁 앞에 우두커니 앉아 있는 지창씨를 보며 해미는 자신도 모르게 물었다.

"당숙네 집이 어디야?"

"좀 멀어. 근데 왜?"

지창씨가 눈을 반짝이며 물었다.

"가서 문짝이라도 떼어와."

그날은 해미 혼자 할매, 할배들을 상대했다. 지하철역 앞에서 샌드위치를 파는 박씨가 어디서 주워왔는지 고철을 놓고 갔다. 페인트공이 오토바이에 쇠줄로 연결한 리어카에 파지를 가득 싣고 왔다. 노이PC방 권사장도 승용차에 파지를 싣고 와 돈을 받아갔다. 용이 할배는 천원짜리 지폐를 세더니 잔돈을 한참 들여다봤다. 계산을 제대로 한 건지 큰 소리로 물었다. 저번 달보다 돈이 적다고 했다. 저번 주보다도 적다고 했다. 어제도 한 소리고, 그제도 한 소리였다.

"할배, 그거 우리가 정하는 거 아니다."

해미도 할배와 똑같이 큰 소리로 말했다.

"뭐라는 거야?"

분명 알아들었을 텐데 할배는 못 들은 척 소리를 질렀다. 따질 거면 거기 가서 따지라고 해미가 말했다.

"새벽마다 제지회사 직원이 전화해서 파지값을 공지하는 거다. 그 가격이 아니면 사주지 않는다는데 어떡해?"

지창씨는 해질녘이 돼서 돌아왔다. 해미 눈에 제일 먼저 들어온 건 김치냉장고였다. 종일 찌푸려 있던 하늘이 스탠드형 김치냉장고 하나에 대낮같이 환해졌다. 지창씨는 포터에서 쓰레기를 한참 내렸다. 잡동사니가 든 포대들도 내렸다. 해미가 받아서 바닥에 내려놓았다.

"돈이 좀 되겠는데?"

해미는 어리둥절했다. 가구를 분해한 합판 쪼가리들을 내린 뒤 구식 전화기, 플라스틱 휴지통, 전자레인지, 텔레비전, 전기밥통을 내렸다.

"값나가는 것도 꽤 있네. 정우성이 가져가지 않은 거야? 우리한테 인심을 쓸 생각은 아니었을 텐데……"

해미가 쏟아내는 말에 지창씨는 별 대꾸를 하지 않았다. 피곤한지 눈에 초점도 없어 보였다. 자세히 보니 지창씨 얼굴이 멀끔했다.

"씻었어?"

"집에서."

"집에 가서 씻고 온 거야?"

"응."

그는 대답을 하고 김치냉장고를 내렸다. 해미는 요리조리 뜯어봤다. 달걀 껍데기 정도의 은은한 광택이 나는 밝은 피치크림색이었다. 색도 맘에 들고 슬림해서 좁은 공간에 놓기 좋겠다 싶었다.

"사무실 냉장고가 요새 통 안 먹어."

해미가 신이 나서 말했다.

"뭘 안 먹어?"

"냉장이 잘 안 된다고. 이걸로 바꾸면 딱이겠는데……"

지창씨는 해미 말을 들은 체도 하지 않고 바로 분해작업에 들어갔다. 냉장고 문짝부터 떼어냈다. 뒤쪽 커버를 열어 팬모터, 히터, 가장 중요한 냉각장치인 컴프레서와 타이머까지 분해했다. 해미는 끝까지 포기하지 못하고 분해되어 사라지는 냉장고를 바라봤다. 꼭 사무실에서 쓰지 않더라도 내다팔면 돈이 될 물건이었다.

해미는 가끔 덩치 큰 가전제품들을 가져오는 대머리 노씨가 낮에 들러서, 환경미화원 동료가 쓰러졌다는 이야기를 하더라고 했다.

"브라운관을 분해하다 쓰러졌대."

가전제품은 허가된 공간에서 자격증이 있는 사람이 분해를 해야 한다. 그러나 해미가 아는 사람 중 법을 지키는 사람은 아무도 없었다. 해미는 노씨가 했던 말을 말투까지 그대로 흉내냈다.

"겁도 없이 마스크도 쓰지 않았거든. 골로 가도 싸지."

지창씨는 영동시장에 들러 삼겹살 반 근을 샀다. 아파트로 돌아오자마자 지창씨는 손을 씻고 가스레인지 위에 냄비를 올려놓았다. 해미는 얼른 보일러부터 켰다. 매매계약서를 쓰고 난 뒤 지창씨가 가장 먼저 한 일이 오래된 기름보일러를 가스보일러로 바꾼 것이다. 해미는 갑자기 옛날 생각이 났다.

"보일러 새로 놨을 때 그거, 아버지가 한 짓이지?"

"무슨 소리야?"

지창씨가 시치미를 뗐다.

해미는 기름값 걱정 없이 따뜻하게 살 수 있겠구나 했다. 한겨울에 반팔만 입고 돌아다니는 경험을 꼭 해보리라 결심했다. 그러나 보일러는 얼마간 돌아가다 꺼졌다. 잠을 자다 너무 추워서 깼다. 몇 번이나 일어나 보일러를 켜야 했다. 해미는 보일러를 판 대리점에 전화를 했다. 당장 와서 떼어가라고 했다. 피해보상도 하라고 했다. 보일러가 교체되고 나서도 가끔 꺼지는 일이 있었지만 그녀는 대리점에 다시 전화하지 않았다. 보상으로 받은 상품권 다섯 장이 아직 해미 방 침대

머리말에 있었다.

"왜 그랬어?"

"더워서 잠을 잘 수가 있어야지."

지창씨가 태연히 말했다.

"아버지는 내가 따뜻하게 자는 게 싫지? 조금이라도 편한 게 꼴 보기 싫은 거잖아?"

지창씨는 아무런 대꾸도 하지 않았다.

"그렇잖아. 엄마가 베란다 바닥에 누워서 앓는 소리를 해도 병원에 안 보내줬잖아. 아버지가 병원에 가라고 하면 엄마가 얼마나 좋아했는지 알아? 해외여행이라도 보내주는 것처럼 감격해서 짐을 챙겼는데, 아냐고?"

해미는 지창씨를 빤히 바라보며 말했다. 지창씨의 날카로운 콧날이 더 날카롭게 올라섰다. 한쪽 뺨에 손톱 크기의 화상 흉터가 도드라졌다. 해미가 태어나기 직전 화재 사고가 있었다. 행인이 던진 담배꽁초가 고물상 담장을 넘어왔다. 컨테이너 안에서 낮잠에 빠져 있던 부부는 날벼락을 맞았다. 화재로 컨테이너는 까맣게 타서 잿더미가 됐다. 지창씨는 얼굴에 화상을 입었고, 제대로 몸조리를 못한 해미 엄마는 병을 얻었다. 널따란 마당 한쪽을 다른 사람 손에 넘겨야 했지만 고물상은 다시 문을 열었다. 지창씨는 입을 굳게 다물고 달군 냄비에 돼지고기를 넣고 볶았다. 고추장과 다진 마늘을 넣고 주걱으로 휘저었다. 돼지기름 끓는 소리가 한동안 요란하게 났다.

해미는 냉장고에서 신김치를 꺼냈다.

"다시는 이 반찬가게에서 사지 마."

김치를 가위로 잘라 냄비에 한줌씩 넣으며 중얼거렸다.

"군내만 나고 진짜 고약하게 익었어."

지창씨는 냄비에 물을 붓고 가스불을 올렸다. 냄비뚜껑을 덮고 찌개가 끓기를 기다리며 그는 딱 한마디만 했다.

"겉만 멀쩡하지 쓸 수 없는 물건이었어."

찌개 냄비를 가운데 놓고 말없이 밥을 먹기 시작했다. 맛없는 김치도 맛있게 만든다는 김치냉장고에서 꺼낸 김치를 해미도 한번 맛보고 싶었다. 혀끝에서 느껴보고 싶었다. 그게 뭐가 그리 큰 욕심이라는 건가. 아삭아삭 소리가 난다는데…… 갑자기 서러워진 해미는 눈물이 핑 돌았다.

"쓸 수 있는지 없는지 써보지도 않고 아버지가 어떻게 알아?"

"코드 꽂아보면 알아."

"그럼 코드 꽂아보게 지금 당장 조립해서 가져와봐. 나도 확인 좀 하게."

지창씨가 수저를 소리나게 내려놓았다. 그는 냉장고에서 뒹굴던 소주 두 병을 조용히 해치우고 거실 바닥에 드러눕더니 잠이 들었다. 해미는 찌개를 푹 떠서 입안에 넣고 씹었다. 그녀도 알고 있었다. 엄마가 한번 병원에 입원하면 해외여행을 가는 것만큼 돈이 들었다. 해미가 누군가 쓰던 노트에 필기를 하고 누군가 풀었던 문제집 위에 문제를 푸는 동안 엄마는 일 년에 못해도 두 번씩은 해외여행을 다녀왔다.

해미는 설거지를 마치고 아버지 곁에 쪼그리고 앉았다. 옷이라도 갈아입고 자라고 몸을 흔들었다. 지창씨는 화난 사람처럼 알아들을 수 없는 말을 중얼거렸다. 이상하게 팍 쉰, 할배 목소리였다. 해미는 지창씨의 몸에서 손을 떼고 떨어졌다. 그때 의심을 했어야 했다. 왜 멀쩡한 냉장고를 쓸 수 없다고 했는지 물어봤어야 했다. 그러나 잠들기 전까지 해미 눈앞에는 포터에 실려 자신에게로 다가오던 피치크림빛 김치냉장고만 안타깝게 아른거렸다.

일주일도 지나지 않아 정우성 밑에서 일했다는 직원으로부터 전화가 걸려왔다. 그날 오후에도 지창씨는 꽤 쓸 만한 것들을 가지고 돌아왔다.

지창씨는 들어오는 일거리에 대해 해미에게 일일이 말하지 않았다. 조용히 나갔다 조용히 들어왔다. 현장에 가서 견적을 뽑고 날을 정해 출장을 갔다. 의뢰가 아무리 많아도 해미를 데려가는 일은 없었다.

지창씨가 의뢰 전화를 받을 때면 이상한 기운이 감지됐다. 무슨 전화를 저렇게 받지 싶었다. 예, 아니오, 만으로 대꾸를 하거나 어색한 표정을 짓거나 발신번호를 보고 허둥지둥 자리를 떴다. 출장을 핑계로 여자를 만나러 다니는 게 아닌가 의심이 들 정도였다. 출장을 마치면 꼬박꼬박 집에 들러 샤워를 하고 오는 것도 마땅치가 않았다. 여자를 만나면 만나는 거지 자신에게 숨길 이유가 없었다. 그렇다고 자랑스럽게 말할 일도 아니겠다 싶었다.

구루마를 끌고 온 노인네들이 다 빠지고 나자 지창씨가 직업가방을 챙겼다.

"출장 가?"

해미는 지창씨의 움직임을 좇으며 물었다.

"아니."

"그럼 어디 가는데?"

"누가 빈집 좀 정리해달래서."

"그게 출장이잖아."

해미는 눈을 치켜뜨고 지창씨를 봤다.

"응."

지창씨는 바로 수긍했다.

"아버지 여자 있어?"

눈 딱 감고 물었다.

어? 하며 지창씨가 해미를 멀뚱히 바라봤다. 지창씨 얼굴을 바라보며 해미는 자신도 모르게 얼굴을 붉혔다.

"아니, 내가 아버지 출장 가는 거 알면 안 되는 거냐고?"

"안 될 게 뭐 있어."

지창씨는 해미의 시선을 피하며 빈 포대 예닐곱 개를 포터에 실었다.

"그러니까 지금 출장 간다는 거지?"

지창씨는 포터에 시동을 걸며 말했다.

"아니."

싸움의 고수

지창씨가 출장을 다니는 동안 해미는 사무실 컴퓨터에 깔려 있는 보드게임을 하면서 시간을 때웠다. 움직이지 않은 채 내내 앉아 있다 보면 목에서부터 허리까지 다 뻐근했다. 그래도 시간이 안 갈 때는 낮잠을 잤다. 찜통이 된 고물상 사무실에서 자다 지쳐 일어났다. 목이 긴 선풍기는 냉장고와 경쟁하듯 팬을 돌려댔다. 내내 해미 엉덩이에 깔려 있던 이인용 가죽소파는 삐거덕거리며 기분 나쁜 소리를 냈다. 해미는 잡다한 소리들을 못 들은 척 무시했다. 사무실 밖은 땡볕이었다. 꼼짝하지 않고 누워 있는 게 가장 현명한 선택이었다.

간간이 오는 할매 할배를 상대하는 걸 제외하고 해미가 하는 일이라고는 지창씨가 돌아오길 기다리는 게 다였다. 하루는 소파에서 벌떡 일어나 모니터를 뚫어져라 보면서 일자리가 없는지 마우스 휠을 굴렸다. 막상 편의점 알바라도 하려고 하면 고물상이 맘에 걸렸다. 오는 할매 할배들은 어쩔 것인가 싶기도 했다. 나도 세상에 한번 나가봐야 할 것 아닌가 싶었다가, 그래봤자 개고생이지 싶었다가, 그래도 이대로 있으면 안 되는데 싶었다. 하루에도 수백 번 머릿속에서 건물을 쌓아올렸다 허물었다. 꽃밭이 펼쳐졌다 쓰레기장으로 변했다. 결심과 포기가 왔다갔다했다. 이렇게 이십대를 흘려보낼 것인가, 대체 어떻게 살아갈 것인가.

해도 지기 전에 지창씨가 출장에서 돌아온 날이었다. 사무실 불도 켜놓지 않고 소파에 맥없이 누워 있는 해미를 끌고 지창씨는 국밥집으로 향했다. 입구 쪽에 자리를 잡고 앉았다. 시간이 이른 탓인지 그들 말고는 손님이 없었다.

"국물 많이요."

지창씨가 주문을 하면 국밥집 할매는 빠져 죽을 만큼 국물을 많이 줬다. 지창씨는 국밥집에 올 때마다 뜨거운 국물을 잘 먹는다고 해미를 대견해했다. 해미가 그에게 받은 칭찬은 다 시시한 것들이었다. 밥 많이 먹는다, 할매 할배들에게 적당히 성질부릴 줄 안다, 피복 잘 벗긴다, 아무데서나 잘 잔다, 욕 잘한다……

해미는 지창씨가 감당할 수 있을 만큼의 능력만 자신에게 있는 게 다행이다 싶었다. 더 대단한 능력이 있었다면 소심한 지창씨는 심장마비에 걸리고 말았을 것이다. 특히 해미가 파지에서 읽은 이야기를 들려줄 때면 지창씨 입가에서 미소가 떠나지 않았다. 해미도 덩달아 웃음이 났다.

페이지가 뜯겨 있거나, 잉크가 날아가 문장과 문장이 끊어지는 때가 있었다. 되지도 않는 헛소리를 늘어놓은 것들도 꽤 있었고, 한자와 영어가 너무 많이 섞여 있어서 읽어보지도 않고 덮어버릴 때도 있었다. 그러다 단단한 끈처럼 연결된 문장들을 발견하기도 했다. 도저히 어디서 끊어야 좋을지 알 수 없게 서너 페이지가 훅 지나갔다. 마지막 페이지에 이를 때까지 단숨에 읽어나갈 때도 있었다. 파지를 뒤지며 그 속에서 뭔가를 찾아내려고 애를 쓰는 자신이 어이없기도 했다. 파지뭉치를 내팽개쳤다가, 얼마 뒤면 지창씨의 웃음소리를 들을 수 있는 재미난 얘기가 없나 하고 필사적으로 페이지를 넘겼다. 그것 말고는 할 수 있는 게 없었다.

"용이 할배 와서 또 지랄하디?"

지창씨는 주인 할매가 잔을 가져다주기도 전에 냉장고에서 소주를 급히 꺼내가지고 오더니 해미에게 물었다.

"국수 할매는 왔고? 수창씨는? 별일들 없어 보이디?"

그는 깍두기를 앞에 두고 소주 한 잔을 들이켰다.

"하루 사이에 무슨 일이 있을까봐?"

"성동 사장 오는 날이 오늘이었나?"

"어제 왔다 갔잖아."

"그랬나? 넌, 넌 하루종일 뭐했어?"

지창씨는 그날따라 꽤 스피디하게 진도를 뺐다. 빈 소주병이 세 병이 되자 해미는 그만 집에 가자고 재촉했다. 지창씨가 술에 취하면 해미는 골치가 아팠다. 화 잘 내고, 목소리 크고, 고집 센 할배가 지창씨 밖으로 튀어나오는 일이 종종 있었다. 그와 같은 불상사가 일어나기 전에 그를 집으로 데려가야 했다.

"거기 둔 건 뭐야?"

지창씨는 해미가 테이블 위에 올려놓은 파지뭉치를 가리키며 화제를 돌렸다.

"여행가가 쓴 도시 얘기야. 재미없어."

해미는 짤막하게 대꾸했다.

"오십 평생 한 번도 서울을 떠나본 적이 없는 남자가 있었어."

"허, 나네."

"남자는 죽어라 일만 했어."

"그것도 나네."

"남자는 살던 집을 팔아 일 년간 지구 곳곳을 여행했거든."

"그건 내가 아니구나."

해미는 팔랑팔랑 페이지를 넘겨서 한 부분을 읽었다.

"컴퓨터 키보드를 수 미터 높이로 쌓아올린 자전거가 도로를 질주한다. 모든 거리와 집마당마다 모니터, 프린터, 팩스가 산처럼 쌓여 있다."

해미가 고개를 들었다.

"어때? 완전 천국이지?"

"거기가 어딘데?"

"남자가 마지막으로 여행한 곳. 중국 광둥성의 한 마을이래. 세계 모든 쓰레기가 다 모여든대."

지창씨도 포터에 짐을 산처럼 쌓고 다녔다. 해미가 읽기를 멈추고 표지가 찢긴 책을 무릎에 내려놓았다. 해미의 입술이 살짝 벌어졌다. 반쯤 감긴 눈으로 해미는 매일 보아뱀이 코끼리를 삼키는 기적이 일어나던 때를 떠올렸다. 고물을 싣고 고물상에 도착하면 인부들이 달려들었다. 파지며 헌옷, 못 쓰는 양은냄비 같은 걸 잔뜩 실은 구루마와 리어카가 담장 안으로 끊임없이 들어오던 때였다. 그것들을 각각 분해해 거대한 산을 만들었다. 집게차에 실린 고철 산은 주물공장이나 공사현장으로 보내졌다. 구루마에, 리어카에, 1톤 트럭에, 쓸 만한 걸 찾아 기웃거리는 동네 사람에, 일꾼들로 시끌벅적하고 정신없던 마당 풍경을 떠올리며 해미는 훽훽 페이지를 넘겼다.

"여자들은 도로로 나와서 회로기판을 태우고 아이들은 그 위에서 논다. 엄청난 양의 전선들이 타면서 내뿜는 연기가 거대한 구름이 되고 땅에는 질척한 침전물이 바다를 이룬다…… 멋지지 않아? 또 있어. 머리부터 발끝까지 프린터 토너를 뒤집어쓴 사람들이 어슬렁거린다. 강물이 석유만큼 검대."

사진 속 흐트러진 쓰레기 더미를 보면서 해미는 한숨을 쉬었다. 지창씨가 거기 있었다면 그것들을 무질서하게 두지 않았을 것이다. 종류별로 분류를 해서 보기 좋게 쌓아올렸을 것이다. 지창씨는 손이 빨랐고 절도가 있었다. 짐을 싣는 데도 정해진 방식이 있었다. 먼저 싣고 가야 할 짐과 인사라도 나누듯 하나하나 눈을 맞춘다. 납작한 철판을 먼저 바닥에 깔고 합판을 착착 쌓아올린다. 무게가 나가는 것부터 짐칸에 싣는다. 튀어나오고 모난 데 없이, 깎아 맞춘 듯 차곡차곡 포개나가는 것이다. 전선을 접어서 미리 들어갈 공간을 계산해놓고 전선을 일정한 길이로 접는다. 가장 중요한 건 무게의 밸런스를 맞추는 일이다. 예상한 부피만큼 전선을 모아 합판 사이 뜬 공간에 딱 맞게 채워넣었다. 마지막에 남는 건 가볍지만 부피는 큰 플라스틱이다. 지창씨가 손으로 툭툭 칠 때마다 바람이 빠지면서 안정감을 찾았다. 바를 감아 고리에 걸고 죽 잡아당기면 결박된 부분이 푹 꺼지면서 그 사이로 삐져나온 물랭이가 풍선처럼 부풀어올랐다. 코끼리를 꾸역꾸역 삼킨 보아뱀이 모습을 드러내곤 했다. 해미는 다시 페이지를 후르르 넘겨 마지막 장을 소리내어 읽었다.

"그뿐이 아니다. 전체가 플라스틱으로 뒤덮인 마을에서는 젊은 여자들이 콘크리트 바닥에 앉아 컴퓨터 케이스를 손도끼로 부수는 광경을 볼 수 있다. 아이들이 콩알 크기의 파편을 색깔별로 분류한다. 여행자들은 오 분도 있기 힘들다."

해미는 파지에서 눈을 떼고 지창씨를 봤다.

"왜 그런지 알아?"

"메스꺼우니까 그렇겠지."

지창씨가 속을 알 수 없는 얼굴을 하고 말했다.

"그런데 거기 사람들은 어떻게 버틴대?"

지창씨의 의문을 해결해주는 문장이 어디에 있는지 해미는 알고 있었다.

"그들은 모든 지구인이 자신들과 같은 공기를 호흡한다고 생각하고 있었다."

"여기 사람들이 진짜 지옥을 모르는 것하고 똑같네."

지창씨의 얼굴이 침울해졌다. 해미는 긴장했다. 곧 화난 할배가 나타나겠구나 싶었다. 할배는 몸도 가누지 못했고, 수틀리면 아무거나 눈에 띄는 대로 던졌다. 할배는 지창씨를 한숨 쉬게 했다. 이 사람 저 사람에게 전화를 하게 했다.

할배는 지창씨가 평소에는 하지도 않던 생각을 하게 만들었다. 이상한 소리를 내며 울게 만들었다. '그따위 것들' '지옥에나 떨어져야 할 것들' 하며 온갖 욕을 중얼거리게 만들었다. 그러나 이번에는 지창씨보다 해미 입에서 먼저 튀어나왔다.

"지랄같아."

해미는 팔랑팔랑 페이지를 넘기다 말고 울음을 터뜨렸다. 밑이 뜯어진 포대처럼 해미의 몸이 무너져내렸다.

해미는 대화의 기술, 사람을 움직이는 기술, 싸움의 기술, 약자가 강자를 이기는 기술 같은 것에 깊이 빠졌다.

'기술'이라는 단어가 보이면 뭐든 주머니에 넣어두었다가 조용할 때 꺼내 읽었다. 세상에는 해미가 생각지도 못한 다양한 기술이 있었다. 감쪽같은 거짓말의 기술, 뭐든 세우는 기술, 뭐든 눕히는 기술.

한동안 해미가 빠져든 건 싸움의 기술이었다. 해미는 기본자세와 스텝, 방어와 공격 동작을 담은 컬러사진이나 엉성한 그림을 뚫어져라 바라봤다. 기합을 넣어가며 따라 해보기도 했다.

"여기 이런 말이 있어. '나는 싸움에 대해 하나도 모른다. 그러나 이미 나는 싸움의 고수다.' 멋지지 않아?"

그 말에 지창씨가 웃었다.

"목소리로 제압하는 법을 배우면 싸우지 않아도 이긴다."

지창씨는 또 웃었다

"이 사람은 초등학교 오학년 때부터 무술을 시작했대. 유도, 검도, 태권도, 합기도, 킥복싱도 배우고 이론도 공부했대. 결론이 뭔지 알아? 내가 강해야 살아갈 만한 세상이 된다는 거야. 계속해서 자기 단련을 하면 강해진다는 거야. 지나가는 개도 무서워서 짖지 않는대."

"틀렸어."

지창씨는 자신 있게 말했다.

"절대 지지 않는 사람은 따로 있어."

"어떤 사람인데?"

"돈이 많은 사람."

"돈으로 어떻게 싸워?"

"치료비를 생각하면 때릴 수가 없거든."

해미는 들고 있던 파지뭉치를 내려놓았다. 팔짱을 끼고 지창씨를 봤다.

"너 스모 선수들이 힘든 게 뭔지 알아?"

지창씨가 과장되게 팔을 벌렸다.

"경기가 아니야. 비행기야."

"비행기가 왜?"

"경기를 하기 위해서는 비행기를 타야 하거든."

해미는 무슨 말인지 알아듣지 못했다. 지창씨가 설명했다.

"비행기 좌석을 봐. 자신의 큰 덩치를 비좁은 여자에 구겨넣고 몇 시간을 가야 하는데 겁나지 않겠어?"

"비좁은 여자?"

해미가 되물었다.

"무슨 헛소리야? 의자, 의자 말이야."

지창씨는 인상을 썼다.

"잠을 충분히 자야 한대."

해미는 중얼거렸다.

"아버지도 잠을 충분히 자. 그래야 헛소리가 안 나오지. 우유, 콩, 시금치를 먹어야 한대. 줄넘기도 하고 철봉도 하고. 햇볕을 많이 쪼여줘서 비타민 D를 보충해줘야 한대."

"그런 걸 왜 하는데?"

"몸을 키우려고."

"까닥 잘못하다가는 자기 무게에 자기가 무너져."

"그럼 어떡하라고?"

"키부터 커야지."

지창씨는 해미의 신경을 제대로 긁었다. 해미는 테이블 위에 놓인 걸 마구 던졌다. 지창씨는 자신의 발밑으로 떨어진 펜이며 메모지 뭉치와 두루마리 휴지를 차례로 주워들었다.

"진짜 힘이 세졌으면 좋겠어."

해미는 간절함을 담아 말했다.

"힘은 세져서 뭐하려고?"

"내가 강해지면 세상도 달라질 테니까."

해미를 바라보는 지창씨 얼굴이 어두워졌다.

"너무 믿지는 마."

"뭘?"

"거기 적힌 것들 말이야."

삽을 들다

지창씨는 평소보다 일찍 출발했다 평소보다 늦게 돌아왔다. 출장이 두 곳이나 잡혀 있었다. 먼지바람을 일으키며 차가 마당 한쪽에 섰다. 꿈인지 현실인지 분간 못한 채 해미는 휘청휘청 컨테이너 밖으로 나왔다. 지창씨는 차에서 내리자마자 담벼락에 붙어 있는 스위치부터 켰다. 마당을 빙 두른 알전구에 불이 차례로 들어왔다.

지창씨는 해미가 가까이 다가오기를 기다렸다 투덜거렸다.

"잠깐 나와서 불 밝혀놓는 게 뭐 그리 어려운 일이라고."

해미는 지창씨의 말을 못 들은 체했다. 그의 기분이 썩 좋아 보이지 않았다. 그런 날은 최대한 말을 섞지 않는 게 서로에게 좋다는 걸 해미는 경험으로 알고 있었다.

큰 포대들 틈에 낀 자그마한 자루가 해미 눈에 들어왔다. 내용물을 전혀 짐작할 수 없게 만드는 낯선 형태에 무심코 손이 갔다.

"만지지 마라."

지창씨는 해미의 손목을 낚아챘다.

"뭔데?"

"개."

짐칸에 올라선 지창씨가 크고 무거운 포대들을 최대한 먼 곳으로 던지며 말을 이었다.

"누군가 자루에 넣어 망치로 때려죽인 것 같아. 아니면 죽을 만큼 때렸거나."

별일 아니라는 듯 태연한 목소리였다.

"누가 그런 짓을 해?"

"그런 짓 할 사람이 왜 없겠니…… 세상에 별사람 많아."

지창씨의 양볼은 삽으로 푹 파놓은 것처럼 패어 있었다.

"돌봐줄 사람이 없으니 배가 고팠을 거고."

"주인이 있을 거 아냐? 왜 안 데려갔대?"

"데려갈 수 없었으니까 그렇지."

"데려갈 수 없으면 누구한테라도 맡겼어야지."

지창씨는 대꾸하지 않고 자기 할말만 했다.

"주인이 보이지 않으니 겁이 났겠지. 미친듯이 짖어댔을 거 아니니. 너무 시끄럽게 짖으니까 사람들이 개를 잡았을 거고."

지창씨는 나머지 포대를 내리며 중얼거렸다.

"엊그제 견적 뽑으러 갔을 때 꼬리를 흔들던데."

"그렇게 맘에 걸렸으면 그때 데려오지 그랬어."

해미는 여전히 자루에서 시선을 떼지 못한 채 말했다.

"누구라도 거둬줄 줄 알았지. 아니면 주인이 데려가거나."

그렇게만 말하고 지창씨는 입을 다물었다. 할말이 있지만 하지 않겠다는 얼굴이었다. 해미는 포대 내리는 걸 거들었다. 지창씨는 작은 자루를 가장 마지막에 내렸다. 해미가 자루가 움직이는 걸 본 것도 그때였다. 아주 짧은 순간이긴 했지만 분명 꿈틀댔다.

"살아 있나봐."

해미는 자신도 모르게 놀라 소리질렀다. 해미가 자루에 다가가자 지창씨가 냉랭한 목소리로 말했다.

"열어보지 마."

"살아 있으면 어떡해?"

"뭘 어떡해."

지창씨는 앞으로 벌어질 상황까지 짐작이 간다는 표정이었다. 그러나 해미는 고집을 부렸다. 지창씨는 어깨를 으쓱해 보이더니 자루를 뒤집어 개를 꺼냈다. 해미가 한번 고집을 부리면 당해낼 수 없다는 걸 그는 알았다. 털이 빠지고 드러난 속살과 시꺼멓게 엉겨붙은 핏덩이, 튀어나온 내장. 처참하다는 말로는 부족했다. 그럼에도 죽지 않고 살아서 눈알을 굴렸다. 지창씨가 수거해온 냉장고나 세탁기 안에 종종 죽은 고양이나 개가 들어 있었다. 눈뜨고 보기 힘들 만큼 참혹했지만 그래도 살아 있지는 않았다. 개의 눈알은 안쪽에서 바깥쪽으로, 무언가에 반응하듯, 생각하듯, 기억하듯, 천천히 옆으로 굴러갔다 위로 향했다. 반쯤 뜬 눈꺼풀이 완전히 열리더니 해미와 눈을 맞췄다. 죽지 않고 살아 있는 게 개의 잘못이라도 된다는 듯 지창씨가 말했다.

"지독한 놈이네."

"지독한 놈이야."

해미는 지창씨가 하는 말을 무심히 따라 했다.

지창씨는 개와 개의 몸에서 나온 부속물을 자루에 쓸어담았다. 자루 입구를 꽉 묶었다. 어둠 속으로 사라졌던 지창씨가 삽을 들고 나타났다. 지창씨는 삽을 치켜들었다. 해미는 자신도 모르게 지창씨의 손목을 잡았다. 지창씨는 순순히 삽을 내려놓았다. 어디, 네가 하고 싶은 대로 해봐, 하는 얼굴로 지창씨는 삽을 해미에게 넘겼다.

파지에 빠져들다보면 작가가 직접 그녀 귀에 대고 말해줄 때가 있다.

'왜 태어났는지 왜 사는지 왜 죽는지 아니?'

열심히 책을 읽는 것에 대한 보상이었다.

'아니 몰라.'

'모르는 게 당연해. 태어나고 죽는 데는 이유가 없거든.'

해미는 냉소적 비웃음이라고 생각했다. 작가가 세상에 보내는 냉소와 조롱과 야유. 그것이 실은 위로의 말이라는 걸 해미는 그 순간 깨달았다. 죽고 사는 데 아무런 이유가 없다…… 해미는 손에서 힘을 빼고 물러섰다. 괜찮아, 이유가 없다잖아.

기합소리와 함께 그녀는 삽으로 자루를 내리쳤다. 자루에서 희미하게 소리가 났던 것도 같고 아닌 것도 같았다. 꿈틀했던 것도 같고 아닌 것도 같았다. 해미가 정신을 차렸을 때 지창씨는 핏물이 밴 자루를 들고 이미 불빛 밖으로 사라진 뒤였다. 해미는 부끄러웠다. 개를 죽이지 못한 게 부끄러운지, 살리지 못한 게 부끄러운지는 알지 못했다. 뭐가 부끄러운지 몰라서 더 부끄러웠다.

다음날 해미는 손안에 들어오는 포켓북을 든 채 지창씨를 기다렸다.

"아버지, 그거 알아?"

무슨 말인가를 더 쏟아내려는 해미를 지창씨가 막았다.

"안다, 알어."

지창씨는 피곤해 보였다.

"물 한잔만 가져다주라."

잠을 자지 못했는지 눈은 붓고 입술은 부르텄다. 해미는 파지 사이에 손가락을 끼고 다른 손으로 지창씨의 팔을 잡고 심각하게 물었다.

"정말 알아?"

"알았으니까 물 한잔만."

지창씨는 해미에게 잡힌 팔이 아닌 다른 팔로 포대를 내려놓았다. 그러고는 딱하다는 듯 해미를 바라봤다.

"지금 꼭 해야 하는 말이야."

해미는 고집을 부렸다.

"시원한 물 한잔만."

지창씨는 사정하듯 말하고 컨테이너 안으로 들어갔다. 해미도 따라 들어갔다. 해미는 냉장고에서 물병을 꺼냈다. 물잔에 가득 물을 따라 지창씨에게 가져다주었다.

"신이 어느 날 한 평범한 사십대 남자를 찾아왔대. 그리고 말씀을 내려주신 거야. 남자는 신이 내려준 말을 글로 받아적었어."

"남자한테 뭐라고 했는데?"

지창씨 물음에 해미는 대답도 하기 전에 키득키득 웃었다.

"똥차는 출고할 때도 폐차할 때도 똥차다."

물잔을 단번에 비워낸 지창씨 얼굴에 희미하게 미소가 번졌다. 해미는 냉큼 일어나 냉장고 문을 열고 물병을 다시 꺼냈다. 빈 물잔에 물을 따르면서 계속 말을 이어갔다.

"그리고 또 말했대. 돼지는 태어날 때도 죽을 때도 돼지다."

지창씨는 그날 처음으로 소리내 웃었다.

"그걸 쓴 작자가 뚱뚱했나?"

"그건 모르겠어…… 근데 그거 알아?"

해미는 지창씨에게 최대한 가까이 얼굴을 들이밀었다.

"고통과 죽음은 다르다. 죽을 만큼 병들어서, 죽을 만큼 피를 흘려서 인간이 죽는 것은 아니다. 죽음은 다른 곳에서 온다. 훨씬 다른 차원의 일이다. 여기, 여기 그런 말이 있어요."

자신도 왜 그랬는지 모르지만 해미는 지창씨에게 존대를 했다. 그 순간에는 그래야 할 것 같았다. 해미는 물잔을 옆으로 치우고 펼쳐진 페이지를 지창씨에게 내밀어 보였다. 읽으면서 줄까지 친 문장을 손가락으로 가리켰다.

죽음은 당연하게 주어지는 선물이 아니다.

스스로의 의지만으로 안 된다. 여러 명의 의지가 하나의 죽음을 이끌어낸다. 누군가의 의지와 누군가의 동의와 누군가의 묵인.

"어느 날 너희는 다른 사람에게는 들리지 않는, 오직 너에게만 들리는 질문을 듣게 될 것이다. 네가 대답할 때까지 질문은 너를 찾아올 것이다. 찾아와 묻게 될 것이다."

해미는 눈을 반짝였다.

"지창씨는 들어본 적이 있어, 없어?"

"뭘?"

"질문."

지창씨는 침묵했다. 해미는 침묵의 무게에 비례하는 명랑한 목소리로 말했다.

"지창씨가 그랬잖아. 여기가 지옥이라고. 그러니까 마땅히 이 지옥에서 하루빨리 구해주는 게 가장 인간적인 선택이 되는 거잖아, 안 그래?"

대체 무슨 말을 하고 싶은 거냐는 얼굴로 지창씨는 해미를 바라봤다. 해미는 컨테이너 밖을 바라봤다. 지창씨가 들었던 삽이 엄연히 철제 울타리에 세워져 있었다.

"누가 지창씨를 찾아온 거야?"

"무슨 소리야?"

"그러니까 그날 말이야."

"그날 언제?"

"엄마가 죽기 직전에."

장례식 마지막날, 지창씨가 술을 마시고 옆에 있던 친구 중 한 명에게 하는 말을 해미는 우연히 들었다. 지창씨는 아내가 죽기 며칠 전부터 그녀의 죽음을 알고 있었다. 그녀의 배꼽이 새카맣게 변해 있었던 것이다. 지창씨가 즉시 아내를 병원에 데려갔다면 하루라도 더 살 수 있었을지 모른다. 빨리 수술을 했다면 몇 달은 더…… 그러나 그는 그렇게 하지 않았다. 아무것도 하지 않았다. 해미는 그때부터 지창씨에게 묻고 싶었다. 왜 지창씨는 아무것도 하지 않았을까? 그러나 해미는 책 속의 문장을 보고 그를 이해했다. 지창씨의 동의가 없었다면 엄마는 결코 지옥을 벗어날 수 없었다.

"아, 미친……"

지창씨는 해미 손에 들린 책을 낚아챘다. 그는 밖으로 뛰쳐나갔다. 밤공기가 지창씨의 뺨에 난 흉터를 스쳤다. 그는 책장을 갈기갈기 찢었다. 찢긴 종이 위로 기름을 붓고 라이터불을 붙였다. 단 한 장도 남겨두지 않고 다 재로 만들었다.

해미는 창문 너머로 활활 타오르는 불길을 봤고 지창씨의 굽은 등이 미세하게 떨리는 걸 봤다. 지창씨가 왜 격한 반응을 보이는지 알 수 없었다. 이 지옥에서 탈출할 수만 있다면 해미 역시 지창씨의 죽음에 동의할 것이다. 그럴 자신이 있었다. 백번 묻는다고 해도 대답은 같았다.

바람이 들다

한여름, 검은색 줄무늬 정장을 입은 중년 남자가 지창씨 이름을 부르며 고물상 안으로 들어섰다. 정우성이었다. 해미는 그 순간 생각했다. 아, 왜 또 저 인간인가. 그러나 그를 막지는 못했다. 너무 태연한 얼굴로 들어서서 말을 못하고 두 눈만 깜빡였다. 볼이 홀쭉해지고 얼굴도 검어진 게 마음고생을 하긴 했구나 싶었다. 해미가 그를 안됐다고 생각한 건 아주 잠깐이었다.

정우성이 지창씨를 빈손으로 찾아온 건 아니었다. 의기양양하게 사무실로 들어선 정우성은 지창씨에게 도면을 펼쳐서 보여주었다. 그가 놓고 간 도면을 지창씨는 소중히 접어두었다가 해미에게 보여주었다.

"이게 뭔 줄 아니?"

지창씨는 모처럼 들뜬 목소리로 말했다. 두 눈은 그 어느 때보다 반짝였다. 해미도 덩달아 들떴다.

"뭔데?"

"이 친구가 외국에서 학위를 따고 유명 연구소에서 희귀 금속에 대해 연구하는 박사를 어떻게 소개받게 됐나봐. 십 년 넘게 박사가 혼자 연구를 해오다 정우성한테 투자를 받아서 연구를 계속했다는 거야. 그러니까 내게 받아간 돈도 그 안에 들어 있었던 거고. 그렇게 해서 만들어진 일체형기계의 설계도면이라는 거지, 이게. 공장이 망하지만 않았어도 이 사업을 시작했을 거라는 거야."

"뭘 만든다는 건데?"

"전자기계에 들어가는 이트륨이라는 희귀 금속이 있대."

처음 들어보는 이름이었다. 지창씨는 설명했다. 이트륨이란 합금이나 촉매제, 영구자석, 레이저 소자 등을 만드는 데 사용되는 금속이라는 것과 발광다이오드나 하이브리드 카 혹은 전기자동차의 이차전지와 휴대폰 배터리나 LCD와 같은, 듣기만 해도 입이 떡 벌어지는 첨단제품에 들어가는 핵심 부품이라는 것.

"기계 원리는 아주 간단해."

지창씨는 고개를 바싹 쳐들었다. 들고 있던 휴대폰을 가리키며 혀로 입술을 한번 훑고 말을 이었다.

"휴대폰 부품 중에 이트륨이 들어 있는 거야. 그러니까 이걸 다시 분해하면 이트륨이 나올 거 아니니? 그걸 휴대폰을 만들 때 다시 쓴다는 거지. 말하자면 재활용이야."

"그럼 안에 든 걸 빼기만 하면 되는 거네?"

"그렇지. 그런데 또 그게 그렇게 간단하지가 않아. 이트륨을 그냥 넣는 게 아니라 다른 걸 섞어서, 그러니까 다른 금속을 섞고 다시 고무나 플라스틱을 입히거나 묻혀서 부품을 만들거든."

"그럼 그걸 어떻게 빼내?"

"그러니까 이 일체형기계가 필요하다는 거지."

"이 기계가 헌 휴대폰을 먹고 이트륨이라는 걸 토해낸단 말이지?"

"휴대폰도 먹고, 컴퓨터 본체에 들어간 부품도 먹고. 아무튼 이트륨이 들어 있는 부품은 싸그리 먹어서 이트륨만 뽑아낸다는 거야."

마치 샤시에 붙은 나사를 떼어내듯 간단한 과정처럼 말했다.

"이트륨이 나온다고 쳐도 아주 양이 적을 텐데 그게 돈이 된대?"

"희귀 금속이라잖아. 말 그대로 아주 희귀해서 단가가 세다는 거야."

"동구리보다 더?"

"그걸 말이라고."

"상철보다?"

"더, 더, 더."

지창씨가 못을 박았다.

고철 중 MVP가 상철이다. 상철은 그들처럼 영세한 고물상에서는 만져보기도 힘든 물건이었다. 동구리의 열 배 가격으로 책정되어 있지만 실거래가는 삼사십 배 더 나갔다. 해미는 입맛을 다셨다.

"그럼 지금 그 기계가 어디 있는데?"

"여기."

지창씨는 얇은 종이 쪼가리를 양손으로 들고 조심스럽게 흔들어 보였다. 해미는 소파에서 일어나 냉장고로 향했다. 헌옷을 수거하러 다니느라 한나절을 보낸 해미는 그제야 물 한 잔을 마셨다. 다 마신 빈 물잔을 테이블에 소리나게 내려놓았다.

"지창씨."

해미는 언제부턴가 아버지, 라고 하지 않고 지창씨라고 불렀다.

"왜?"

지창씨가 대꾸했다.

"그러니까 확실한 건 아무것도 없다는 거잖아. 그렇지?"

해미는 지창씨 얼굴을 가만히 바라봤다. 컨테이너 안이 어둑어둑해졌다. 무슨 말인가를 하고 싶은데 하지 못할 때 그러듯 지창씨의 입술이 씰룩씰룩 움직였다.

"한 번 속은 걸로 부족해?"

해미가 물었다.

"정우성을 믿는 건 아니야."

지창씨가 조금 전과 달리 풀죽은 목소리로 대꾸했다.

"그럼 누굴 믿는 건데?"

"박사가 연구를 한 거라잖아. 이론적으로는 완벽하니까. 정우성이 어떤 인간인데. 확실치도 않은데 돈을 댔겠어?"

지창씨는 해미의 시선을 피하며 말했다.

"저건 그냥 종이 쪼가리잖아. 어쨌든 기계를 만들어서 결과물이 나와봐야 아는 거 아냐?"

해미가 묻는 말에 지창씨는 아무런 대꾸도 하지 않았다. 그녀는 좀 더 밀어붙였다.

"지창씨가 지금 믿는 건 설계도면이 아니라 박사네. 그 박사 얼굴은 한 번이라도 본 적 있어?"

"없지."

"그런데 어떻게 믿어?"

"박사가 말했다고 정우성이 그랬으니까."

"그러니까 지창씨가 믿는 건 박사가 그렇게 말했다고 하는 정우성 말인 거잖아."

"그럼 어떡해. 그 박사는 지금 여기 없고 미국에 있다는데. 찾아가서 만날 수 없잖아."

"전화 통화는 할 수 있잖아."

"해미야, 사람이 속이기로 마음먹으면 어떡해서라도 할 수 있어. 박사라고 뻥치고 사람 사서 데려올 수도 있고."

해미는 할말을 잃었다. 속아주기로 작정한 사람을 설득시킬 수 있는 방법은 없었다.

"보통은 금속을 녹여 쇳물을 만들고 다시 쇳물을 형틀에 부어 제품을 만들잖아."

그는 해미의 팔을 잡아끌어 설계도면을 보게 했다.

"그래?"

"그래."

지창씨가 고개를 크게 끄덕였다.

"재활용고철 공장 시스템이 다 그래. 그러니까 일정한 조건이 갖춰진 공장부지가 있어야 가능한 거지. 천이백 도가 넘는 용광로에 쇳물을 끓게 해야 하니까. 또 쇳물을 다룰 기술자도 필요하거든. 용광로 공장들이 환경문제다 뭐다 규제가 잔뜩이라 문을 닫는 거거든. 하지만 이건 달라."

그는 자신했다.

"이걸 녹이는 데 큰 장치가 필요 없거든. 이 부분이 정말 대단한 건데 말이지, 마이크로파를 이용해서 녹이는 게 핵심 기술이야. 부피도 작고 작업도 수월해지는 거지. 소음도 없는 거고. 이 마이크로파 기계가 제대로만 작동하면 전기도 적게 들어. 원가가 어마어마하게 절약된다는 거야."

"그게 가능해?"

해미가 다그치자 지창씨는 눈만 깜박였다. 해미가 아는 지창씨는 그렇게 단순하고 무모한 사람이 아니었다. 허세도 없고 허황된 꿈도 꾸지 않는 사람이었다. 이제는 달라졌다. 믿고 싶은 걸 믿었다. 해미는 안타까웠다. 한번 물랭이는 죽을 때까지 물랭이고, 한번 가위를 낸 사람은 계속해서 가위를 낼 수밖에 없다. 해미가 보기에 지창씨는 이번에도 가위를 내고 있는 것처럼 보였다.

정우성은 그날 이후로 매일같이 사무실을 들락거렸다. 육 개월이 지나 덩치 큰 기계가 창고로 들어섰다. 구정 직전이었다. 창고 안에 모셔졌던 값나가는 고철들은 마당 한쪽으로 밀려났다.

정우성이 나타나기 전만 해도 해미에게 희망이 있었다. 해미는 지창씨를 열심히 설득했다. 무상임대 기간이 오 년 남아 있었다. 그거라도 다른 사람에게 넘기자고 했다. 오 년간 받을 세를 목돈으로 한 번에 받아 경기도 근방에 편의점이라도 열면 먹고는 살지 않겠나는 게 해미 생각이었다.

"평생 한 게 이 짓인데 어떻게?"

지창씨는 말했다.

"그러니까 하는 소리잖아. 이 짓으로는 더이상 먹고살 방법이 없으니까 다른 걸 해보자고. 편의점은 기술 같은 것도 필요 없잖아. 그냥 물건을 가져다가 팔면 되는 거고. 창업 비용도 얼마 안 든대."

"점포는?"

"찾아보면 왜 없겠어?"

지창씨의 얼굴이 멍해졌다.

"적어도 몇억은 있어야 할 거 아냐?"

"이걸로 안 되면 집이라도 담보로 잡아야지."

집을 담보로 한다는 말에 지창씨는 입을 꾹 다물었다.

"예전에 내가 읽어줬던 농부 얘기 기억나? 씨앗을 심는 족족 씨가 마르게 했던 농부 말이야. 삽질만은 자신 있었잖아. 그런데 구덩이에 빠졌잖아. 빠져나가기 위해 뭔가를 해야 했는데 자신이 가장 잘할 수 있는 걸 했잖아."

그게 바로 삽질이었다. 점점 더 구덩이 아래로 빠져들게 되리라는 걸 알면서 농부는 구덩이 안에서도 계속 흙을 팠다.

해미는 지창씨의 동공이 조금씩 흔들리는 걸 봤다. 그의 마음을 움직일 수 있겠다 싶었다.

"지창씨는 예전처럼 꿀 빨던 시절이 다시 올 것 같아?"

해미는 목소리를 낮췄다. 고물상을 계속하는 게 바로 구덩이 속에서 삽질하는 꼴이지 않냐고 했다.

"아무리 파봐. 빛 볼 날이 있나."

지창씨의 동공이 계속해서 흔들렸다. 지창씨의 마음을 금방 돌릴 수 있겠다 생각했다. 먹고살기도 해야 하고, 해미도 한번 평범하고 안정되게 살아봐야 했다. 그녀도 나이를 먹을 테니까. 얼마나 어렵게,

어렵게 지창씨의 마음을 움직여놓았는데…… 하필 그 시점에 정우성이 찾아온 것이다. 기가 탁 막히는 타이밍이었다.

"편의점이라는 게 하루에 삼백만원을 벌어도 망한대."

"다 망하진 않지."

해미는 지창씨에게 말했다.

"그래, 직영점은 안 망하지."

지창씨가 냉큼 말을 이었다.

"사람 하나 없는 허허벌판에 문을 열고 점주가 한강에 빠져도 회사는 이익이 남는대. 어차피 이래도 한강 가고, 저래도 한강 갈 거면 내가 하고 싶은 일을 하다 한강에 갈래. 아니, 해미야. 이 일은 한강에 갈 일 없어. 진짜 확실하다는 감이 온다니까."

이미 지창씨는 마음의 결정을 한 뒤였다. 지창씨는 매일매일 설계도면을 들여다봤다. 그리고 그 안에서 뭔가를 봤다고 했다.

"뭘 봤는데?"

"너도 살고 나도 사는 길."

"그렇게 확실하다면서 정우성이 왜 직접 하지 않으신대?"

"몸이 안 좋대."

"그 사기꾼 말을 믿어?"

해미가 보기에도 정우성의 얼굴이 안 좋아 보이긴 했다. 이번에는 진심인 듯 보이기도 했다. 아마 그랬을 것이다. 그렇지 않고는 나올 수 없는 표정이었다. 하지만 자신도 모르면서 치는 사기가 가장 고단수라고 하지 않던가.

아니나 다를까. 삼 개월 뒤 정우성과 연락이 갑자기 끊겼다. 지창씨에게 세부 도면과 연구노트를 주고 로열티니 뭐니 해가며 돈을 뜯어낸 뒤였다. 그나마 서너 달 생활비 정도였다. 지창씨에게는 과거 빚이 있으니 돈을 얼마 받지 않는 거라고 생색을 냈다. 그게 진심인지는 알 수 없으나 정우성은 지창씨 말고도 동창 몇을 더 찾아갔다. 설계도면을 보여주고 이 일이 얼마나 기가 막힌 사업인지 설명했다. 호구가 된 건 이번에도 지창씨뿐이었다. 지창씨는 친구에게 속았다는 건 인정하면서도 설계도면에 대한 믿음은 굳건했다. 믿음의 근거 따위는 없었다.

“되겠다는 감이 왔다니까.”

설계도면대로 기계를 만드는 데 엄청난 비용이 들었다. 핵심 기술이라는 마이크로파 기계는 제작을 해야 했다. 소개받은 철공소에 의뢰했다. 시중에는 없는 부품도 있었다. 부품 크기가 안 맞아 몇 번을 다시 제작하기도 했다. 분철 압축기와 절단기는 중고로 사들여 연결했다. 해미가 말했을 때는 펄쩍 뛰던 지창씨가 배짱 좋게 집을 담보로 대출을 받았다.

지창씨는 소리가 밖으로 새어나가지 않게 창고에 문을 달았다. 직접 패널을 자르고 땜질을 해서 이어붙였다. 완성된 일체형기계는 창고 밖으로 밀려난 고물더미와 크게 다르지 않았다. 시운전을 하고 처음으로 뽑혀져나온 자그마한 덩어리를 지창씨와 해미는 머리를 맞대고 바라봤다.

“금속이 아니라 석회석 같은데.”

해미가 말했다.

“그러게. 단단하고 까만 돌덩어리 같네.”

지창씨는 꾹꾹 눌러보며 대꾸했다.

M센터는 의정부에서 포천으로 넘어가는 가구단지들과 식당들 틈에 있었다. 희귀 금속을 연구하는 국내에 몇 없는 사설 연구소 중 하나였다. 보기보다 무거운 돌덩어리를 지창씨는 M센터에 보내 성분분석을 맡겼다. 그렇게 하는 데도 수십만원이 들었다. 게다가 선불이었다. 카드 결제도 안 됐다. 해미가 보기에 이 일과 엮여 돈을 빼가는 모두가 도둑놈이고 사기꾼이었다.

이 주를 기다려 첫 분석 결과를 택배로 받았다. 구성 성분은 놀랍게도 이트륨과 일치했다. 지창씨도 그렇게까지 기대하지 않았는지 무척 놀랐다. 사실 그때는 해미도 흥분했다. 그녀 인생에도 볕이 드는 것이 아닌가 했다.

다른 금속이 아주 미세하게 들어가 있다는 문제가 있긴 했다. 늘 그렇듯 뭉치면 죽고 흩어지면 산다. 순수한 상태의 이트륨을 만들어내는 게 그리 어려운 일은 아닌 듯 보였다. 그때 지창씨가 맛본 것은 성공에 대한 예감 그 이상이었다.

그는 인생에서 처음으로 자신을 기다리는 운명적 무언가가 있다는 느낌을 받았다. 그것이 이제 지창씨 앞에 모습을 드러내려 하고 있었다. 지금까지 개고생을 하며 의미 없이 보냈다고 생각한 날들이 하나의 위대한 결과물을 위해 바쳐진 순간들이라는 확신이 들었던 것이다. 되든 안 되든 그가 해야만 하는 일이었다. 분명 해낼 수 있는 일이었다.

지창씨는 자신의 심장이 그렇게 힘차게 뛰는 걸 처음으로 느꼈다.

아침에 눈을 뜰 때마다, 숨을 쉴 때마다 심장이 터지지 않을까 걱정이 될 정도였다.

지창씨는 연구노트를 분석하고 관련된 책을 찾아서 봤다. 완벽한 이트륨을 만들기 위해 불순물을 분리시키는 방법에 대해 끊임없이 생각했다. 해미 역시 밤잠을 설쳤다. 조금만 배합이 잘못돼도 시커먼 금속 덩어리는 무용지물이 된다. 지금까지 들인 시간과 노력과 돈은 애교 수준이었다. 돈을 얼마나, 언제까지 때려박아야 할지 그 누구도 알지 못했다. 무엇보다 해미가 두려운 건 지창씨에게 생겨난 병이었다. 치명적이지 않지만 약물치료도 소용없는 병. 한번 발병하면 평생 안고 가야 한다는 병. 지창씨 허파에 바람이 빵빵하게 든 것이다.

바통을 쥐다

지창씨가 더이상 출장을 다니지 않았다. 해미는 눈앞이 캄캄했다. 지창씨는 이게 다 해미를 위해서라는 이유 하나를 만들더니 낮이고 밤이고 기계에만 붙어 있었다. 출장을 의뢰하는 메시지는 도착하자마자 삭제됐다. 개인적으로 부탁이 들어와도 거절했다. 모르는 번호인 경우엔 전화를 받지 않았다. 그것도 해미를 위해서였다. 어째서 그것이 자신을 위해서인지 정작 해미는 납득할 수 없었다. 왜 지창씨는 나를 위해서 일을 하지 않고 돈을 벌지 않겠다고 하는가? 오늘이 없는데 어떻게 미래 따위가 있겠는가.

지창씨 귀에 그녀의 말은 결코 들리지 않았다. 지창씨가 고민하는 건 어째서 이트륨이 순수하지 못한지였다. 고무와 플라스틱은 쉽게 떨어졌다. 같은 성질을 가진 금속 물질들이 이트륨을 순수하지 못하게 만들었다. 지창씨는 이것들을 어떻게 떨어뜨릴까 궁리했다. 화이트보드에 화학식을 잔뜩 써놓고 바라봤다. 그래도 잘 풀리지 않는다 싶으면 여기저기 전화를 걸어 물어봤다. 분쇄나 건조 부분과 믹싱 과정 중 일부를 빼기도 하고 공정을 더하기도 했다. 한때이지만 전자회사에서 제관공으로 일하면서 배운 노하우를 그때그때 써먹었다. 중고 전자제품을 분해하며 쌓은 실력도 살렸다.

기계를 재정비했다. 해미가 보기에는 모양과 크기가 여전히 똑같은 검은색 덩어리들을 기계는 열심히 토해냈다. 손에 쥐면 자잘한 금속 알갱이가 만져졌다. 따끈따끈한 금속이 식기를 기다려 박스에 담았다. 그렇게 만들어진 덩어리의 일부가 택배 오토바이에 실려 경기 북부로 향했다. 열흘이나, 늦어도 보름이 지나면 분석 자료가 택배로 배달되어왔다. 성분 분석은 조금씩 달라졌다. 계속해서 돈을 쏟아부어야 한다는 결론만은 변함이 없었다. 지창씨는 전기분해와 마이크로파에 관련된 책을 사다달라고 해미에게 주문했다.

"좀 알겠어?"

해미가 기대에 차서 물으면,

"아니, 전혀 모르겠어."

하고 고개를 저었다.

"그냥 페이지를 넘기는 거야. 그러다보면 뭔가 느낌이 와. 전혀 보이지 않던 게 시야에 들어오는 느낌이랄까."

"하, 어련하실까."

해미에게도 뭔가 느낌이 왔다. 지창씨는 '포기'를 포기했다.

해미는 자신의 이름으로 들어놓은 적금을 깼다. 밀린 공과금과 세금을 내고 남은 돈을 통장에 넣었다. 사무실로 돌아온 해미는 고민을 잔뜩 젊어진 채 앉아 있었다. 일 킬로그램에 육백원 하던 고철이 백원이 되어버렸다. 갑갑한 시기였다.

"이건 반칙이다."

하루도 빠짐없이 파지를 놓고 가던 페인트공이 말했다. 그뒤로 해미는 페인트공을 다시 볼 수 없었다. 그가 발길을 끊고 서너 달이 지났을 때였다. 해미는 초등학교 뒷골목 편의점 앞에서 페인트공과 마주쳤다.

"왜 요즘 고물상에 안 와요?"

해미는 운전석 창문을 내리고 페인트공에게 물었다. 이전에 그는 식당에서 받은 박하사탕을 수줍게 건네주곤 했다. 해미도 그가 싫지는 않았다. 영화를 보러 가자고 했을 때는 거절했다. 입고 갈 마땅한 옷이 없었고 찍어 바르고 나갈 화장품도 없었다. 혹시 그것 때문이라면 오해를 풀어주고 싶었다. 그 얘기를 할까 말까 하는데 그가 말했다.

"십원이라도 더 쳐주는 데로 가야죠."

페인트공은 오토바이에 달린 리어카에 파지를 실으며 말을 이었다.

"하루 기름값이 오천원인데 해미씨네 가서 기름값 이천원 아끼는 것보다 더 큰 고물상에서 폐지값 삼천원 더 받는 게 이익이잖아요."

해미는 고개를 끄덕였다. 수긍이 가는 말이었다. 파지를 다 싣고 난 페인트공은 오토바이에 올랐다. 해미를 지나쳐가지 못하고 갈등하는 얼굴이었다.

"할말 있어요?"

해미가 물었다.

"십원씩 더 쳐주면 그쪽으로 다시 갈게요."

페인트공의 말에 해미의 눈꼬리가 저도 모르게 내려갔다.

"그냥 가던 데 잘 가시고 돈 많이 버세요."

해미도 돈이 되는 일을 찾아야 했다. 그녀가 찾는 일은 생각보다 가까이에 있었다. 지창씨가 컨테이너로 건너와 점심을 먹고 휴대폰을 놓고 간 날이었다. 이자 낼 날짜를 미리 알리는 은행 문자가 왔다. 해미는 문자를 확인한 뒤 낯선 문자 하나를 더 발견했다. 작업을 의뢰하는 장문의 문자였다. 메시지가 바로 삭제되지 않고 어떻게 하루 반나절을 살아남아 그녀 눈에 띄었는지 곧 알게 됐다.

내용은 구구절절했다.

십대 때 어머니가 집을 나갔다, 그뒤로 죽 혼자 살아온 아버지가 며칠 전 돌연사를 했다, 지병이 있었다, 자신이 유품을 정리해야 하지만 죄스러운 마음에 집안에 발을 들이는 것도 괴롭다, 동고동락하던 군대 동기셨다니…… 유품정리를 아무에게나 부탁할 수 없어 이렇게 문자를 보낸다.

'유품정리.'

해미는 지창씨가 어떤 일을 하고 있었는지 그제야 확실히 알게 됐다. 자신이 뭘 해야 할지도 확실해졌다.

'이번에 하지 않으면 기회가 없을지도 몰라.'

번거롭게 의뢰인을 만나지 않아도 된다는 게 우선 맘에 들었다. 실수를 하거나 일하는 게 서툴더라도, 시간이 아무리 오래 걸리더라도, 설사 하루에 일을 다 끝마치지 못하더라도 상관없었다. 무엇보다 신경쓸 거추장스러운 시선이 없다는 게 맘에 들었다. 해미도 꽤 여러 번 지창씨를 따라 철거해야 하는 사무실을 쫓아다녀봤다. 사무실 철거와 크게 다르지 않은 일이라고 해미는 생각했다. 의뢰인이 해미와 같은 시기에 모친을 잃었다는 것도 그녀의 마음을 움직였다. 아무것도 아닌 그 자그마한 연결고리가 해미에게는 운명처럼 여겨졌다.

해미는 자신의 휴대폰으로 답문을 보냈다. 지창씨 딸인데 대신 작업해도 되겠냐고 물었다. 저쪽에서 바로 답장이 왔다.

'고맙습니다.'

해미는 고맙다는 말이 그렇게 무서운 말인지 몰랐다. 막상 문자를 받자 덜컥 겁이 났다. 자신이 무슨 일을 하려고 하는지 비로소 실감이 났다.

'지금 당장은 좀 어렵습니다.'

해미는 문자를 보냈다.

'편할 대로 해주세요.'

바로 문자가 왔다. 연이어 온 문자는 확인하지 말았어야 했다. 그러나 해미는 문자를 확인했다.

'일을 마치고 사진 몇 장만 찍어서 보내주시면 바로 입금하겠습니다.'

입금이라는 글자가 제일 먼저 그녀의 눈에 띄었다.

'사흘 뒤가 좋겠습니다.'

왜 사흘 뒤인지는 해미도 알지 못했다. 그 정도 시간이면 마음의 준비가 될 것 같았다.

해미는 빈 포대와 박스, 지창씨가 가지고 다니던 작업가방을 챙겼다. 의뢰인이 알려준 주소지로 차를 몰았다. 행정구역상 서울이긴 해도 경기 북부와 경계선상에 있었다. 서울에서 땅값이 가장 안 오르는 동네이기도 했다.

한남대교를 빠져나가자 속도가 좀 났다. 전통적 도시 부자들이 살았다던 구시가지의 변두리이기도 한 산 바로 아래로 1톤 포터가 간신히 기어올라갔다. 핸들만 이리 꺾고 저리 꺾는데도 땀이 한 바가지나 났다.

과일가게와 쌀집을 거쳐 양장점을 끼고 골목을 돌자 슬레이트지붕이 보였다. 붉은 벽돌담 안에 손바닥만한 마당과 단층의 벽돌집이 나타났다. 문패에 적힌 번지수가 목적지에 다 왔음을 알려주었다. 오래된 살구나무와 그만큼이나 오래된 녹슨 파란색 철문. 둘 중 하나가 쓰러지면 나머지 하나도 함께 무너질 태세였다. 해미 어깨에도 미치지 못하는 담벼락 위에는 깨진 화분 조각들이 조르르 줄지어 박혀 있었다. 열쇠는 우편함 안에 들어 있었다.

거실이 축구장만했다. 흔한 소파 하나 없고, 식탁도 없었다. 나뭇결 무늬의 모노륨 장판이 깔린 텅 빈 거실 공간. 햇빛이 들어오는 창가. 창가에 놓인 플라스틱 선반에 난들이 있었다. 이파리가 칠을 해놓은 것처럼 반들반들했다. 꽃대가 올라오고 있는 것도 있었다. 쥐뿔 아는 것 없는 해미가 보기에도 공들여 키웠다는 걸 알 수 있었다. 화분 아래에는 과실주 병들이 늘어서 있었다. 이중창으로 몽글게 들어오는 빛이 그것들을 감싸고 있었다.

해미의 시선이 오래도록 머문 곳은 볕이 들지 않는 주방 쪽이었다. 물기 없이 바싹 마른 싱크대 위에 앉은 먼지들, 쪽창에 나란히 놓인 빈 소주병 두 개. 주방과 거실 사이, 현관과 마주 보이는 쪽에 세 개의 문이 각각 다른 방향을 향해 나 있었다. 구조상 가운데가 화장실이고 양쪽에 서로 마주보는 게 방인 듯했다. 해미는 작업가방을 내려놓고 어깨를 폈다. 양팔을 가볍게 흔들며 관절 마디마디를 폈다. 안방 문을 열자마자 알 수 있었다.

'방안에서 오래도록 앓아누워 있었구나.'

유황 타는 냄새가 심하게 났다. 분뇨 냄새 같기도 했고, 생선 썩는 내 같기도 했다. 확실한 건 지창씨가 정우성의 당숙 집에 다녀왔을 때 신발에서 났던 것과 같은 종류의 냄새라는 것이다. 냄새의 진원지는 침대였다. 침대 이불을 들추자 혈흔과 시체에서 나온 분비물로 매트리스 커버가 시커멨다. 침대 옆에는 기다란 원통형의 프링글스가 있었다. 작은 쟁반에 사탕이 있고, 빈 사탕봉지 몇 개가 주위에 흩어져 있었다.

예상대로 지창씨의 작업가방 안에 든 것은 거의 다 악취제거제였다. 해미는 가방 안에 든 방독면을 꺼내 썼다. 위생복도 입고 모자를 쓴 뒤 끈도 바싹 조였다. 해미는 뭘 어떻게 해야 할지 본능적으로 알았다. 작업가방을 뒤져 '악취제거'라고 쓰인 화학약품을 찾아 그 자리에 뿌렸다. 잠시지만 약품 냄새가 유황 냄새를 덮었다. 그제야 해미도 숨을 쉴 수 있었다. 쓰레기를 모두 처리한 뒤 옷가지며 쓸 만한 유품을 정리해서 박스에 담았다. 누군가 곁에서 알려주기라도 하는 듯 죽음의 흔적을 하나씩 차례로 지워나갔다.

냄새의 진원지를 처리해야 했다. 해미는 얼룩진 이불을 말아서 쓰레기봉투에 넣었다. 빗자루를 가져와 한쪽에서 하얗게 꾸물거리는 구더기들도 함께 쓸어 쓰레기봉투에 넣고 입구를 단단하게 묶은 뒤 현관 밖으로 내다놨다. 여전히 냄새는 진동했다. 매트리스를 걷어냈다. 피와 부패액이 흘러내려 장판이 갈색으로 물들어 있었다. 장판을 들어보니 콘크리트까지 물이 들었다. 혈흔제거제를 뿌렸다.

문제는 덩치 큰 옷장을 해체하는 일이었다. 뭘 좀 먹어야 힘을 쓰겠다 싶어 프링글스 통을 열었다. 과자가 반쯤 남아 있었다. 한 움큼 꺼내서 입안에 넣고 열심히 씹었다. 가져온 물통에 있는 물을 남김없이 마셨다. 전동드라이버를 들고 무겁고 큰 나무 무늬 옷장을 분해하기 시작했다. 옆에 붙은 서랍장은 얇은 합판으로 된 거라 분해가 쉬웠다. 포대에 담기 편하게 합판을 부러뜨려 부피를 줄였다. 그뒤로는 작업이 간단해졌다. 다섯 포대가 가득 채워진 뒤에야 작업이 끝났다. 사진 여러 장을 찍어 의뢰인에게 보냈다. 비교적 깨끗한 양복이며 사진, 가족과 주고받은 편지와 일기장, 지갑은 박스에 넣었다. 마지막으로 난과 과실주를 포함해 유품 사진을 찍고 목록을 적어 전송했다. 의뢰인은 남김없이 소각하길 원했다.

화분에서 분리된 난들은 바로 대파뭉치로 변했다. 과실주는 개수대에 버리고 술병만 챙겼다. 소각하는 데 드는 비용은 따로 청구했다. 삼십 분 뒤 수수료가 송금되어왔다. 해미는 가방 안에서 납작하게 눌린 담뱃갑을 찾아냈다. 구루마 끌고 오는 할매들이 피우는 라일락이었다. 지창씨도 한때 라일락의 독한 맛에 의지했다. 남은 세 개비 중 하나를 꺼내 불을 붙였다. 연기를 천천히 뿜어냈다. 소각 비용을 제외하면 오십여만원의 현금이 통장에 남겠다 싶었다.

폐기물 처리장에 들렀다 바로 아파트로 향했다. 샤워를 했다. 두세

번 더 비누칠을 하고 구석구석 몸을 씻었다. 그런데도 냄새가 사라지지 않았다. 젖은 머리카락을 수건으로 감싸고 식탁에 앉았다. 베란다 창밖으로 해가 지는 게 보였다. 몸이 푹 꺼지는 느낌이었다. 놀이터에서 떠들어대는 아이들의 달뜬 목소리가 들려왔다.

"왔니?"

해미가 포터에서 내리자 지창씨가 다가왔다. 종일 어디서 뭘 하다 왔냐고 잔소리를 쏟아내야 했지만 별말이 없었다. 해미도 대꾸하지 않고 사무실로 향했다. 지창씨가 열린 창고 문을 닫으며 따라 들어갔다.

사무실 밖이 캄캄해졌다. 해미는 킬로당 백원 하는 파지 속에 얼굴을 묻은 채 잠이 들었다. 지창씨가 그녀의 어깨를 가만히 흔들었다.

"집에 가자."

지창씨 목소리가 들려왔다. 자신이 얼마나 먼 세계에 있다 돌아왔는지 그 목소리를 듣자 실감이 갔다. 지창씨가 출장을 다녀오면 그가 알고 있는 모든 할배, 할매의 안부를 묻던 게 생각났다. 해미도 그들의 안부가 궁금했다. 하루에 세 번씩 들락거리는 정미 할매는 오늘도 오셨나, 관절이 안 좋아 잘 넘어지는 수창 할배는 괜찮나, 오늘 투석을 한다고 주는 커피도 마다하고 가서 투석을 잘하셨나, 용이 할배는 저녁때 또 왔을까, 와서 고래고래 소리를 지르고 지창씨의 복장을 터지게 하고 갔을까.

지창씨가 앞장섰다. 해미는 핸들을 잡았다. 지창씨가 고물상의 철문을 단단히 걸어잠그고 포터에 올랐다. 냄새가 날까봐 신경이 쓰였지만 지창씨는 별말이 없었다. 해미도 할말이 없었다.

그날 밤은 무사히 지나갔다. 해미가 무사하자 세상도 무사했다. 골목을 밝히는 가로등도 깜빡이는 일 한 번 없었다. 아파트 담벼락에 달라붙어 담배를 피우고 침을 뱉고 시발, 시발, 욕을 하면서 웃고 까불던 조무래기들도 그날만은 다들 조용히 집으로 돌아갔다.

다음날 아침, 해미가 깨워야 마지못해 일어나던 지창씨가 해미보다 먼저 일어나 부지런히 아침상을 차렸다.

"웬 아침상이야?"

해미가 물었다.

"일찍 눈이 떠졌어."

지창씨가 밥을 푸며 대꾸했다.

"일찍 눈이 떠지면 밥을 하는 거야?"

뭇국까지 있었다. 지창씨의 이 새로운 생활 패턴에 해미는 적응이 안 됐다. 그뿐이 아니었다. 출근한 뒤 지창씨는 담배를 직접 사러 갔다. 해미가 가겠다고 하니까 괜찮다고 했다.

"있어라. 너도 피곤할 텐데."

구부정한 등이 눈에서 멀어지자 해미는 비로소 머리를 굴려 생각이라는 걸 했다.

지창씨는 알았을까. 내 몸에서 나는 냄새를 맡았을까. 왜 맡지 못했겠는가. 그것이 그렇게 쉽게 지워질 수 있는 냄샌가. 해미는 비로소 숨이 가빠왔다. 어느 틈엔가 자신의 손에 쥐어진 바통과 막 시작된 이어달리기.

'정말 발을 빼지 못하겠구나.'

지창씨의 손에 쥐여져 있던 삽은 그렇게 해미의 손으로 넘어왔다.

2부

고소한 냄새

해미는 소파에 몸을 깊숙이 파묻고 있었다. 아무리 기다려도 해가 지지 않았다. 긴 하루를 누군가 점점 더 길게 늘이고 있었다. 해미는 졸면서 생각했다. 누가 이런 쓸데없는 짓을 하는 거야……

잠결에 그녀는 고물상 마당을 가로지르는 발소리를 들었다. 컨테이너 문이 열렸다. 지창씨인가보다 했다. 지창씨가 아니라고 해도 일어날 생각이 없었다. 역광을 받아 이쑤시개 같던 실루엣이 점점 사람의 형체를 갖추며 다가왔다. 손을 뻗으면 닿을 거리에서 형체는 멈춰 섰다. 실제인지 환각인지 모를 그것이 해미를 향해 말을 걸어왔다.

"살아 있었네?"

시간의 간극이 전혀 느껴지지 않을 정도로 친근한 음성이었다.

"누구세요?"

뒷머리를 짧게 치고 앞머리를 눈썹까지 기른 꽤 잘생기고 건장한 남자가 소파에 누워 있는 그녀 앞에 서 있었다. 능글맞게 웃는 얼굴을 보고서야 그가 누군지 알았다. 따데기 민머리 장이었다. 민머리도 아니었고, 콧수염도 말끔하게 밀어 없앴지만 분명 그였다.

"그런데 너 진짜 해미 맞지?"

해미 못지않게 민머리 장도 그녀를 보고 당황했다. 이번에는 해미의 머리가 민머리에 가까운 숏컷이었다.

그들은 나무 그늘이 드리워진 담벼락에 붙어 나란히 섰다. 해미에게 불을 붙여준 그가 담벼락 너머를 봤다. 빛과 그림자가 뚜렷하게 대비됐다. 그런 시간이었다. 개가 혓바닥을 땅에 늘어뜨리고 헉헉댔다.

"날씨가 미쳤어. 파지에 물 뿌려도 금세 뽀송뽀송 말라버려."

해미는 꽁초를 비벼 끄며 말했다.

"아까운 수도세만 늘었어."

"근처 고물상들은 다 폐업했던데."

"우리도 폐업한 거나 마찬가지야."

해미가 허리를 곧추세우며 대꾸했다.

"고철값이 널을 뛰니까."

"만물자원은 오피스텔 옆에 딸린 주차장이 됐던데?"

"리서비스는 한복집이 됐지. 고물나라와 논현고물고철은 상호하고 포터만 남았고. 지창씨가 애지중지하던 고철들은 쓰레기장밖엔 갈 데가 없게 됐어."

"엄살은…… 잘나간다며. 할 만은 하냐?"

그가 해미의 팔꿈치를 툭 쳤다.

"넌 여기 웬일이야? 졸업은 했어?"

해미가 말을 돌렸다.

"나 요 밑에다 정육점 연다."

민머리 장은 명함 한 장을 내밀었다.

"요식업소, 종교단체 납품전문?"

해미가 그의 얼굴을 힐끗 봤다.

"그건 그냥 박아넣은 거야."

"그냥 왜 박아?"

"있어 보이라고."

"발골은 할 줄 아니? 정형은?"

"것두 모르면서 정육점을 하겠다고 할까봐?"

민머리 장은 대형 도매정육점에서 팔 개월 정도 일한 적이 있다고 했다. 몇 달 전, 함께 일했던 동료를 우연히 충정로역에서 만났다. 길고 긴 환승로를 통과하고 있을 때였다. 그를 먼저 알아본 동료는 마침 정육점을 접고 원양어선을 타려고 한다고 했다. 하겠다는 사람만 있으면 내부설비 일체를 헐값에 넘기겠다고 했다. 하지만 네가 하겠다고 하면 그냥 넘긴다고.

"그 말 한마디에 정육점 열 생각을 했다는 거야?"

해미는 혀를 찼다.

"냉동창고하고 쇼케이스만 해도 천만원이 넘어. 정육점은 소규모 점포로도 가능하거든. 요샌 도매 사이트에서 주문하면 플라스틱 용기에 제품이 담겨서 나오니까 팔기만 하면 돼."

"할 만하네."

그녀는 바로 수긍했다.

"아무리 그래도 점포계약금은 있어야 하잖아?"

"청년창업대출이라는 게 있거든?"

"그럼 돈 한푼 없단 소리네."

해미는 자신도 모르게 실소했다.

"이제 벌면 되지."

민머리 장이 능글맞게 웃었다.

"근데 너는 합법적인 도둑질이 가능하겠다?"

"무슨 소리야?"

"유품정리 말이야."

민머리 장의 머리는 돈이 된다 싶은 쪽으로는 정말 빨리 돌아갔다.

"생사람 잡지 마."

"괜찮은 물건 있으면 빼놔라."

"네가 신경쓸 일 아니다."

현장에서 나온 통장이나 귀금속은 건드리지 않았다. 말썽이 생길 수 있는 일은 처음부터 하지 않았다. 대신 붙박이장을 해체하다 나온 현금은 뒤탈이 날 일이 없으므로 당연히 챙겼다. 견적은 요령껏 부른다. 값나가 보이는 가전제품이나 가구는 가져왔다. 심각한 감염의 위험이 있다고 하면 의뢰인 대부분은 군소리 없이 포기했다. 물론 폐기처리 비용은 따로 받아 챙겼다.

"그럼 다 폐기한다고?"

그는 믿을 수 없다는 얼굴이었다.

"팔 수 있는 건 팔지. 팔 수 있는 게 많지 않아서 그렇지."

아니, 다 팔 수 있었다.

"왜 못 팔아?"

"냄새 때문에."

냄새는 뺄 수 있었다. 잘 닦아놓기만 하면 결국엔 다 빠졌다. 그걸 몰랐던 지창씨는 냄새가 난다고 김치냉장고를 분해했다. 물론 냄새가 빠지는 데는 시간이 걸렸다. 이 주가 될 수도 있고 석 달이 될 수도 있었다. 의뢰인들에게는 곧이곧대로 말하지 않는다.

"현장에서는 냄새가 더 심하겠네?"

"사람 따라 다른데 나는 견딜 만해."

"어떤 냄새가 나?"

"주로 색깔별로 냄새가 구분이 되거든. 빨간색이면 피가 많은 현장이야. 피비린내가 나겠지. 노랑이나 주황색인 경우는 고소한 냄새가 나지."

"고소한 냄새?"

"밑에는 분명 빨간데 위에는 참기름을 부어놓은 것처럼 기름이 떠 있어. 비만이거나 엎드려 죽었거나. 엎드려 죽으면 배가 바닥에 가장 먼저 닿잖아. 배 지방이 녹아서 주황색으로 보이는 거지. 갈색은 보통 오래된 현장이야. 조직이 다 썩어서 똥이 됐다고 생각하면 돼. 냄새가 최악이지."

"가만히 누워 있다 죽는데도 부패가 돼?"

민머리 장이 물었다.

"자연사를 했든, 자살이든 살인이든, 죄다 똑같아. 부패가 되고 가스로 복부가 부풀어오르고 복부에 든 가스가 새어나오면서 부패액이 흘러나와. 인간이라는 형태가 무너져내리는 거지. 그러고 나서야 시체가 건조되거든. 오히려 시취가 줄어들고 두 달이 지나면 구더기는 사라져. 번데기 일부는 껍질만 남아서 바삭한 상태로 부서지는 거지. 시체가 말라서 수년이 지날 때까지 발견 못하게 될 수도 있어."

"쌀쌀한 날씨가 일하기에는 좋겠네?"

"여름이나 겨울이나 큰 차이 없어."

"왜 차이가 없어? 날이 추우면 구더기가 덜 생길 거 아냐."

"겨울에는 보일러를 틀잖아. 사망 위치가 전기장판 위인 경우가 많아서 혈흔이나 부패물이 푹 익어버리는 거지."

민머리 장은 가만히 그녀를 보고 있다 말했다.

"나가자."

그는 기다란 팔다리를 휘저으며 성큼성큼 걸었다. 머리카락으로 덮인 얼굴은 훨씬 부드럽고 다정해 보이기까지 했다. 그들이 가장 멀리 갈 수 있는 곳은 고작 골목 모퉁이에 있는 편의점이었다.

해미는 탄산음료를, 민머리 장은 망고맛 과일음료를 골랐다. 민머리 장은 입술을 좁은 병 주둥이에 갖다 대고 찔끔찔끔 마시면서 텅 빈 골목을 바라봤다. 개나리공원 벤치에 앉은 고양이가 이쪽을 바라보고 있었다. 차가 골목을 지나가자 해미는 그쪽으로 고개를 돌렸다. 파라솔 그늘이 아슬아슬하게 해미의 얼굴에서 비껴갔다.

"맛있냐?"

해미가 물었다.

"망고맛이야."

"그러니까 맛있냐고."

민머리 장은 미간을 찌푸린 채 골똘히 생각한 다음 답했다.

"예상 가능한 망고맛."

"그렇긴 하네."

해미는 입맛을 잃었다. 동네 편의점에서 특별히 다른 맛을 기대한다는 게 말이 안 되는 일이었다. 해미는 몇 모금 마시지 않은 묵직한 캔을 휴지통에 버렸다. 비닐캡을 뒤집어쓴 여자가 미용실에서 나와 파라솔 앞을 지나가는 걸 지켜보던 민머리 장이 의자를 당겨 해미에게 바싹 다가와 앉았다. 그녀의 어깨 뒤로 팔을 뻗었다. 몸을 옆구리에 붙였다. 한쪽 다리를 들어 그녀 허벅지를 꽉 눌렀다. 해미는 갑자기 옴짝달싹 못했다. 민머리 장은 하군과 체급 자체가 달랐다. 해미는 그의 턱을 잡아당겼다. 민머리 장이 당황한 틈을 타 그의 정강이를 두 손으로 밀어내고 하체를 가뿐하게 빼냈다. 오래전 컬러사진으로 익힌 방어의 기술이었다. 발딱 일어서는 해미의 손목을 잡고 그가 못내 아쉬워하는 얼굴로 말했다.

"내일 개업이다. 오면 반가운 얼굴도 있을 거야."

대륙횡단

해미는 내내 포터에 싣고 다닌 개업 축하 화분을 들고 정육점에 도착했다. 이파리가 축 늘어져 있었다.

"그 집 창문에서 구더기가 일층 주차장으로 연달아 떨어지는 거예요."

빌라 아래층 여자가 경찰에 신고를 하면서 한 말이었다.

발견 당시 시신은 형체를 알아볼 수 없을 정도로 부패돼 있었다. 혼자 살던 사십대 남자였다. 경찰은 시신의 부패 상태나 집 앞에 쌓인 택배에 찍힌 날짜, 유서 등으로 미뤄 삼 개월 전 스스로 목숨을 끊은 것으로 결론을 냈다. 집주인은 의뢰를 하면서 눈에 띄지 않게 해달라는 말을 서너 번도 더 했다.

작업은 오후 늦게 시작해 밤 아홉시가 돼서야 끝났다.

정육점은 먹자골목과 시장이 맞닿는 곳에 있었다. 해미는 포터를 큰길가에 세워두고 먹자골목을 통과했다. 한 여자가 닭꼬치를 손에 든 아이의 바지를 벗겨 오줌을 싸게 했다. 해미는 맥주잔을 부딪치며 떠들썩하게 웃는 사람들을 지나쳤다. 갈비 굽는 냄새도 지나치고 길가에서 선술집을 기웃거리는 여자들도 지나쳤다. 자그마한 밥집, 술집에 사람들이 꽉꽉 찼다. 환하게 불빛을 밝힌 다이소가 보였다. 그 뒤로는 시장 골목이 이어졌다. 전봇대 옆에 다마스가 세워져 있었다. 다마스를 돌아 안쪽 골목으로 들어갔다. 막 개업한 상점답게 반짝반짝 빛을 내는 정육점이 모습을 드러냈다.

익숙한 얼굴이 쇼케이스 앞에서 웃고 있었다. 하군이었다. 하군은 해미를 알아보지 못했다. 해미가 등짝을 내리치자 멍한 눈으로 그녀를 봤다.

"어, 엄마다."

하군이 고물상을 그만두고 일 년 만엔가 불쑥 찾아온 적이 있다. 그간 모아둔 플라스틱을 우주재상에 팔던 날이었다. 우주재상은 플라스틱을 전문으로 하는 고물상이었다. 요구르트통에서는 요구르트 냄새가 났다. 우유통에서는 우유 냄새가 났다. 물엿통에서는 물엿이 똑똑 떨어져내렸다. 사무실 책상에 놓인 생수병까지 다 긁어모아 한가득 실었다. 물랭이가 돈이 되는 건 사실이지만 부피가 커서 별 재미는 없었다. 우주재상에서 물건을 실어가기 위해 수거트럭이 왔다. 산더미처럼 쌓인 플라스틱을 수거트럭에 옮긴 뒤 지창씨가 차에 탔다. 수거트럭이 오는 날은 지창씨가 우주재상 사장과 술을 마시는 날이기도 했다. 5월이 막 시작됐을 뿐인데 한낮은 땡볕이었다.

지독한 플라스틱 냄새에 전 해미는 화장실에 쪼그려앉아 샤워를 했다. 엄마, 하고 부르는 소리에 나가보니 한 남자가 고물상 마당에 우두커니 서 있었다. 하군이었다. 하군은 눈 한 번 깜빡이지 않고 해미를 바라봤다. 등허리까지 내려오는 해미의 머리칼에서 물이 뚝뚝 떨어져내렸다. 그는 들고 있던 검은 비닐봉지를 해미에게 내밀었다.

"받아라."

봉지 안에 든 것은 여섯 개들이 캔맥주 한 팩과 말린 문어다리였다. 둘은 컨테이너에 앉아 기다란 문어다리를 마요네즈에 찍어 먹었다.

간장 없어, 간장? 간장 있으면 더 맛있는데, 하며 하군이 아쉬워했다. 그는 사촌형이 하는 정비소에서 일을 돕고 있다고 했다.

"하루종일 일거리가 들어오는 것도 아니고. 여기 있을 때랑 비교하면 머리가 아파. 신경도 써야 하고. 나중에 문제 생길 일들도 있고……"

"문제 생길 일을 안 하면 돈 생길 일도 없는 거잖아?"

해미는 문어다리를 어금니로 잘근잘근 씹어서 뜯어내며 말했다. 맥주가 다 떨어지자 하군이 더 마시겠냐고 물었다. 해미는 고개를 저었다. 그녀는 질긴 문어다리를 씹다 씹다 포기하고 내려놓았다.

해미가 화장실에 다녀온 사이 하군이 뒷마당을 기웃거렸다.

"뭐 찾아?"

해미가 묻자 하군이 깜짝 놀라서 돌아봤다.

"너 그냥 놀러온 거 아니지?"

"어?"

하군이 멍해졌다.

"실은, 내 친구가 말이야."

그가 멋쩍게 웃었다.

"인터넷 중고시장에서 십만원짜리 휴대폰을 사서 다섯 배 넘게 비싸게 팔았거든. 제 손을 거치지도 않고 넘긴 거야. 사진 아래다 멘트 기똥차게 달아서. 그러니까 택배비도 안 든 거지. 엄마도 믿어지지 않지? 얘가 그뒤로 매일매일 중고시장을 뒤진 거야. 한 달 동안 넉 대를 사고팔아 남겨먹은 돈이 얼만 줄 알아? 백오십이야, 백오십."

"백수야?"

해미는 낮부터 영동시장 막걸릿집에 앉아 벌게진 얼굴로 콩나물국을 들이켜는 이 동네 백수들을 떠올리며 물었다.

"얘는 그냥 백수가 아냐. 토익 점수가 구백이 넘는 애야. 어떤 앤지 알겠지? 중국어, 러시아어까지 해. 요즘엔 스페인어 배우고 있거든. 학원에서 일주일에 한 타임만 뛰어도 한 달에 이백은 거뜬히 벌 스펙이 되는데……"

"그런데 왜 굳이 그렇게 구린 방법으로 돈을 벌어?"

"재미로."

하군의 입꼬리가 올라갔다.

"걔가 사백 시시 중고 바이크 한 대를 샀어. 내가 엔진을 손봐줬거든. 바이크는 엔진이 생명이잖아. 중요한 건 그게 아니라 이게 대륙도 횡단할 수 있을 정도라는 거지."

하군이 왜 왔는지가 명확해졌다. 그가 있을 때만 해도 쓸 만한 휴대폰이 하루에 서너 대씩은 나왔다. 그걸 가져가서 중고시장에 팔아보겠다는 생각을 한 것이다.

"여긴 휴대폰 안 들어온 지 오래됐어."

해미는 정색을 했다.

"그래?"

하군의 얼굴에 아쉬움이 가득했다.

"대상들이 아파트단지며 상가건물에 공탁 걸어놓고 다 빼가니까 밖으로 나오는 게 없다. 너도 괜한 헛수고 하지 말고 가."

해미는 냉랭하게 말하고 컨테이너 문을 닫아걸었다. 하군은 미련을 버리지 못하고 마당을 어슬렁거렸다. 해미는 그의 발소리를 들으며 혹시라도 그가 나쁜 마음을 먹을 수도 있겠다는 생각이 들었다. 하군 정도는 제압할 수 있었다. 그가 누군가를 부른다면 문제는 달라졌다.

해미는 지창씨에게 전화를 걸었다. 지창씨는 전화를 받지 않았다. 해미는 컨테이너에 달린 창으로 슬쩍 밖을 내다봤다. 하군이 십 킬로그램짜리 종이박스를 펼쳐 엉덩이 밑에 깔고 어린아이처럼 발을 구르고 있었다. 그녀는 자신도 모르게 혀를 찼다. 하군은 트랙에서 드리프트하듯 사십오 도 각도로 몸을 틀며 마당을 돌았다. 그것도 금방 시들해졌는지 조용했다. 조금 뒤엔 바람 빠진 축구공을 열심히 굴렸다. 어스름 속에 검은 실루엣이 이리 뛰고 저리 뛰었다. 히득히득 웃는 소리가 났다.

참다못한 해미가 문을 열고 나갔다. 담 한쪽에 고정시켜놓은 스위치를 올렸다. 담을 둘러싸고 있는 알전구들에 불이 들어왔다.

"야, 여기가 니네 집 놀이터냐. 빨랑 안 꺼져."

해미가 소리를 질렀다. 바람 빠진 공이 마침 그녀 발아래로 굴러왔다. 그녀는 무심코 한쪽 발로 공을 잡아챘다. 순간 긴장하는 하군의 얼굴을 보고 그녀는 씩 웃었다. 해미는 공을 끌고 앞으로 돌진했다. 하군의 눈빛이 달라졌다.

전용 구장 조명탑이 부럽지 않았다. 환한 조명 아래 해미는 하군의 발이 미치지 못하는 곳으로 공을 몰아갔다. 하군이 쫓아와 그녀의 한쪽 소매를 잡고 늘어졌다. 목이 늘어나면서 하얀 맨살이 어깨까지 드러났다. 해미가 소매를 올리는 사이 그는 재빨리 발을 움직여 공을 채갔다. 땅을 울리는 발소리, 점점 거칠어지는 숨소리가 마당을 꽉 채웠다. 하군은 번번이 해미에게 뚫렸다. 하군은 번번이 그녀에게 막혔다. 아무리 힘껏 공을 차도 제대로 굴러가지 않는다고 투덜거렸다.

"바람이 다 빠졌잖아."

"너랑 나랑 지금 다른 공을 차냐?"

해미가 지지 않고 대꾸했다.

하군이 입을 꾹 다문 채 창고로 달려갔다. 파지더미 속으로 머리통을 집어넣더니 뭐 하나를 건졌는지 의기양양한 얼굴로 돌아왔다. 풍선이 가득 든 비닐봉지를 흔들어 보였다. 둘은 풍선을 열심히 불기 시작했다. 하군이 부는 풍선이 더 빨리 커졌다. 하군이 빵빵해진 풍선 입구를 열었다. 호읍, 하고 한 모금 마시고 아, 아, 하고 소리를 냈다. 해미도 호읍, 하고 부풀어오른 풍선 바람을 먹었다.

"깝깝해."

하군이 소리쳤다. 다시 풍선 바람을 한껏 들이마셨다. 해미 팔을 소심하게 흔들며 헬륨 가스라도 마신 것 같은 목소리로 말했다.

"널러가자, 널러가자."

해미는 금고에 있던 현금을 몽땅 털어서 주머니에 쑤셔넣었다. 둘은 무작정 택시를 잡아탔다. 돈이 다 떨어질 때까지 야간개장하는 놀이동산을 휘젓고 다녔다. 해미는 태어나서 처음으로 청룡열차라는 걸

타봤다. 처음으로 타본 거라 모자가 날아갈 수도 있다는 걸 몰랐다. 산 지 한 시간도 안 된 거라 그대로 갈 수가 없었다. 모자를 찾겠다고 풀숲을 다 뒤졌다. 가로등 불빛 간격이 일정치 않았다. 어둠 속에서 하군의 손이 해미 입술을 더듬었을 때 그녀는 입도 뻥긋 못해보고 그대로 주저앉았다. 지창씨가 그녀를 운전석에 앉혀놓고 액셀 페달을 밟았을 때보다 더 놀랐다. 하군이 그녀 앞에 쪼그려앉았다. 하군에게서 나는 냄새가 독한 플라스틱 냄새보다 강렬했다. 하군의 입술이 다가왔을 때 해미는 눈을 감았다. 하군이 입술을 비비고 혀를 내밀었다. 그러나 해미의 입술은 벌어지지 않았다. 하군의 손이 가슴을 더듬을 때는 팔로 툭 쳐냈다. 하군이 해미에게서 떨어졌다. 그가 일어서려고 할 때 해미가 하군의 손을 잡았다. 하군이 손을 뿌리치더니 성큼성큼 앞서가버렸다. 고작 십 미터 정도 가다 돌아와 그녀 손을 어색하게 잡았다.

퍼레이드 앞에서 둘은 잡고 있던 손을 놓았다. 크게 부풀린 애들 장난감 같은 기계에 불 켜진 전구가 줄줄이 달려 있고, 우스꽝스런 기계들 뒤로 형광색 옷을 입은 외국 여자들이 춤추면서 따라갔다. 특별히 감탄할 만한 건 없었다. 해미는 계속 웃음이 나왔다. 여기저기서 플래시가 터졌다. 발밑에서 분수가 솟구쳤다. 아무짝에도 쓸모없는 불빛 사진을 해미도 하군도 서너 장씩 찍었다. 퍼레이드가 끝났을 때 둘은 물에 흠뻑 젖어 있었다. 불꽃놀이가 끝날 때까지 해미는 몸안에서 계속해서 부풀어오르는 무언가 때문에 귀가 먹먹했다. 자꾸만 침을 삼켰다. 하군이 귀에 물이 들어간 게 아니냐고 걱정했다.

돌아오는 광역버스 안에서 해미는 부재중 전화가 열 통 넘게 와 있는 걸 확인했다. 하군이 마당에서 어슬렁거릴 때 자신이 지창씨에게 전화를 걸었던 게 생각났다.

양재역에서 잡아탄 택시는 매봉터널을 지나 아파트 교차로까지 미친듯이 달렸다. 교차로에서 막 신호를 받고 들어가는데 사이렌 소리가 들려왔다. 해미의 심장이 불규칙적으로 뛰었다. 사무실 바닥에 널브러진 빈 맥주캔과 텅 빈 금고가 눈앞에 떠올랐다. 코너를 돌아 들어가면 바로 해미가 사는 아파트였다. 해미는 택시기사에게 직진해달라고 했다. 경찰차가 택시를 따라왔다. 삼십 초도 되지 않는 짧은 추격전이 펼쳐졌다. 택시가 대로로 빠지기 직전 속도를 줄였을 때였다. 얼굴이 하얗게 질려 있던 하군이 한마디 말도 없이 차문을 열고 내렸다. 몸을 낮춘 채 아파트 담장에 딱 붙어 기다시피 움직였다. 하군은 담장과 빌라 건물 틈새로 빨려들 듯 사라졌다. 그 모습이 얼마나 날렵하고 재빨랐는지 해미는 보고도 믿지 못할 지경이었다. 택시는 백여 미터를 더 가서 멈춰 섰다. 해미는 지창씨에 의해 차 밖으로 끌려나왔다. 택시기사가 재빨리 쫓아와 택시비를 달라고 했다. 해미의 목구멍 아래서 잔뜩 부풀어올랐던 풍선 바람이 서서히 빠져나갔다.

그날 놀이동산에서 돌아온 새벽 해미는 철창에 갇히는 게 낫겠다 싶을 정도로 지창씨에게 맞았다. 쇠막대로 맞아 종아리에 든 피멍이 한 달은 갔다. 그러나 하군 얼굴을 보자 딱딱한 감정뭉치들이 바로 녹아내렸다.

"개시는 했어?"

"이제 해야지."

두 남자가 해미를 빤히 쳐다봤다.

한 집 건너 떡집, 한 집 건너 돼지국밥집, 한 집 건너 닭집, 두 집 건너 꽃가게, 쌀과 김치를 함께 파는 참기름집이 있다. 세 집 건너 커튼집, 봉투가게, 그리고 정육점이다. 고개를 들면 어디든 정육 간판이 있었다. 정육 식당도 세 곳이나 있었다. 해미는 왜 하필 민머리 장이 정육점 하던 동료를 지하철역에서 우연히 만나게 된 건지, 왜 돈 한 푼 없고 기술도 없는 하군을 동업자로 삼았는지 알 길이 없었다. 그러나 하군은 눈을 반짝이며 민머리 장의 말이라면 무조건 고개를 끄덕였다.

"줘."

해미는 쇼케이스 아래칸을 가리키며 말했다.

"얼마나?"

처음으로 두 남자가 잇몸을 드러내며 웃어 보였다.

"카드 되지?"

그때부터 그들은 신속히 움직였다. 하군이 겹쳐놓은 삼겹살 한 덩이를 꺼내들었다. 해미의 눈치를 보더니 뻔뻔스럽게 한 덩이를 더 꺼냈다. 그러곤 기대에 찬 눈으로 해미를 봤다. 해미가 고개를 한 번 까닥하자 두 남자는 어깨를 나란히 맞대고 저울에 달린 버튼을 눌렀다. 민머리 장이 고기를 썰자 옆에 서 있던 하군이 비닐봉지를 벌렸다. 다 썰어놓고 나서야 아차 싶었던지 민머리 장이 물었다.

"썰어줄까?"

어디에 있니

다음날 아침 일찍 하군이 고물상에 들렀다. 그날따라 지창씨가 해미와 함께 출근을 했다. 지창씨를 본 하군은 재빨리 무릎을 꿇었다. 이 동네에서 장사하면서 부딪치지 않을 수 없다고 판단한 것이다.

지창씨는 딱 한마디만 했다.

"요즘은 나쁜 짓 안 하고 잘사냐?"

"나쁜 짓 안 하고 어떻게 잘살아?"

해미가 끼어들었다.

"그런가?"

지창씨가 히죽 웃었다.

"어디 아프시니?"

컨테이너 안에 둘만 남게 됐을 때 하군이 걱정스럽게 물었다.

"지창씨가 요새 바람이 들었다."

하군이 휘파람을 불었다.

"여자가 있으시냐?"

"아니, 허파에 바람이 들었어."

"그거 전염병이잖아."

"무슨 소리야, 유전병이라던데?"

"내 친구는 옆구리에 쇠파이프를 꽂아서 바람을 뺐잖아."

"수술을 하면 허파에 든 바람이 빠져?"

해미가 눈을 깜빡였다.

"아주 견딜 수 없으면…… 수술을 해준대."

하군도 해미를 따라 눈을 깜빡였다.

"근데 또 바람이 들어서 재수술을 하더라. 그다음부터는 계속 수술을 해야 한대."

"왜?"

"글쎄. 아무리 잘 막아도 뚫린 구멍으로 바람이 자꾸 들어가게 되는 거 아닐까?"

"그러니까 어쩔 수가 없다는 거네."

해미는 다리를 죽 뻗으며 중얼거렸다.

지창씨는 세상과 떨어져 창고 안에서 혼자 생활하고 있었다. 때때로 그는 술을 마시는 것조차 잊어버렸다. 기계와 잠, 두 개의 공을 고요하게 저글링했다. 허파에 바람이 든 그의 앞에서는 세상이 갑자기 평화롭고 고요해졌다.

해미는 가끔 지창씨가 쪼그려앉아 기계를 툭툭 건드리는 걸 목격했다. 지창씨가 기계에 말을 걸면 해미는 조마조마했다. 기계가 대답을 하면 어쩌나 싶었다.

처음엔 화장실 크기만하던 기계가 해미 방 크기만해졌다. 몸체를 점점 부풀려 지금은 그 두 배가 됐다. 일체형기계에는 몇 가지 기본적인 공정이 있었다. 먼저 분쇄 단계로, 재료를 투입하여 분말로 만드는 작업이 이루어졌다. 다음 단계는 금속에서 잔여물을 제거하는 것이다. 이때는 열분해를 했다. 핵심 기술이라고 그토록 강조했던 마이크로파를 이용해 칠백 도에서 구백 도까지 가열을 했다. 주석이나 납, 안티몬과 다른 저용융점 금속을 용융하고 용융된 금속 액체를 여과스크린에 통과시켰다. 처음에는 한 번이던 통과 단계를 지창씨는 두 번에 걸쳐서 했다. 확실히 여과율이 높아졌다. 훨씬 순수해졌다. 그러나 더 순수해져야 했다. 창고가 기계의 진동을 버티지 못하는지 커다란 울림으로 비명을 지를 때가 있었다. 지창씨는 군데군데 보를 설치했다. 벽에 삼십 구짜리 계란판을 일일이 붙여 방음장치도 했다. 그렇게 해서 박사가 연구했다는 설계도면상 부품은 한 번 내지 두세 번은 교체가 됐다. 지창씨의 기계는 단순히 겉모습만 달라진 게 아니었다. 환생을 했다.

"근데 머리는 왜 잘랐어? 어디 아팠던 거야?"

하군은 궁금해 미치겠다는 얼굴로 물었다. 어떻게 지금까지 참고 있었는지 모를 정도였다.

해미는 짧은 머리카락을 쓸어넘긴 뒤 머리카락을 만졌던 손을 코에 대고 냄새를 큼큼 맡았다. 하군에게도 맡아보라고 했다.

"무슨 냄새가 나?"

해미가 물었다.

"무슨 냄새가 나야 해?"

하군이 물었다.

"시체 냄새."

대답을 하면서도 해미는 하군이 자신에게서 거리를 두고 앉아 있는 게 마음에 걸렸다. 그날 오후에도 출장이 잡혀 있었다. 갑작스런 심장마비로 사망한 오십대 남자가 혼자 살던 사십오 평 아파트. 침실은 크고 군더더기 없이 심플했다. 침실 베란다가 통유리로 되어 있었다. 사흘에 걸친 큰 작업으로 그날은 마무리 작업만 하면 되는 날이었다.

"근데 넌 왜 그렇게 머리가 짧아?"

이번에는 해미가 하군에게 물었다. 머리 길이가 해미와 별반 다르지 않았다. 살도 많이 빠졌고 볼도 홀쭉했다.

"빵에 가 있었다."

하군이 눈을 감으며 말했다.

추격전을 벌이고 보름쯤 지난 뒤였다. 하군은 친구를 따라 친구 형이 한다는 인테리어 사무실에 놀러갔다 컬러복사기를 발견했다. 마냥 신기했던 그는 탁상달력 한 장을 복사해봤다. 얼마나 성능이 좋은지 똑같이 복사가 됐다. 하군이 보기에는 재질만 다를 뿐이었다. 하군은 만원짜리 지폐를 복사해봤다. 이번에는 진짜와 구별할 수도 없었다. 하군의 친구들도 감탄했다. 편의점에 가서 그걸로 담배를 사오면 확실히 인정하겠다고 누군가 말했다. 하군은 할 수 있다고 큰소리쳤다. 다들 제정신이 아니었다. 하군은 편의점엘 갔고, 사람들이 몰리는 순간을 틈타 복사한 돈을 내밀었다. 그 일이 성공한 게 그에게는 불운이었다.

"몇 번 같은 짓을 하다 덜미가 잡힌 거지."

하군은 남의 말 하듯 했다. 아주 당당하게 계산을 하고 나가서 의심을 사지 않았다고 했다.

"그런 어처구니없는 짓을 저지르는 애들은 뉴스에나 나오는 줄 알았는데."

해미가 중얼거렸다.

경찰이 하군의 방에 들이닥쳤을 때 한가운데 놓인 컬러복사기를 발견했다. 옷장 안에 수북이 쌓여 있는 만원짜리, 오만원짜리 위조지폐를 발견했다. 복사하는 동안 대륙을 횡단할 꿈에 젖었을 하군을 떠올리자 해미는 피식 웃음이 났다.

하군이 멋모르고 따라 웃었다.

지창씨에게 고물상을 맡기고 잠깐 나왔다. 둘은 초등학교 담을 빙 돌아 나타난 큰길을 따라 걸었다. 해가 떨어질 때까지 뛰어놀던 운동장이며, 수도꼭지에 입을 대고 물을 마시던 수돗가가 그대로 살아남았다. 신나게 놀다 문득 느끼게 되는 공허감까지 공기중에 그대로 떠 있었다.

오래되긴 했어도 계획도시답게 잘 살펴보면 바둑판 모양으로 길이 나 있었다. 가로축은 논현로, 세로축은 봉은사로. 대로변에 고층빌딩이 벽을 쌓으면서 그 뒤에 가려진 동네는 예전 모습 그대로 살아남았다. 도로가 비좁아 아파트나 대형 상사가 들어설 수 없기 때문이었다. 해미가 어릴 때만 해도 영동시장 부근이 제일 잘나가는 동네였다. 그때 토박이들이 지금은 신사나 도곡으로 다 빠져나가고 없었다. 봉은

사로를 죽 따라 걷다 둘은 라면집엘 들어갔다. 라면을 한 그릇씩 먹고 나와서 편의점 앞에 쪼그려앉았다. 한 여자와 한 남자가 봉지를 하나씩 든 채 편의점에서 나왔다. 골목을 빠져나가면서 남자가 한 손으로 소시지를 까서 여자 입에 물려주었다. 하군의 휴대폰 벨이 울렸다. 어디서 뭐하고 있냐고 묻는 민머리 장의 목소리가 해미에게까지 들려왔다. 하군이 금방 간다고 했다. 민머리 장이 뭐라고 잔소리를 늘어놓았다. 하군은 휴대폰을 귀에서 뗐다가 응, 응, 몇 마디를 하고 끊었다. 일어설 생각을 하지 않았다.

"일 안 해?"

해미가 물었다.

"해야지."

하군은 한숨을 푹 쉬었다. 그러고는 민머리 장이 얼마나 훌륭한 인간인지 장황하게 늘어놓았다.

"엄마는 걔가 얼마나 알뜰한지 모를 거야. 걔가 방마다 불을 끄고 다니는 그런 스타일이야."

두 남자는 개나리공원 뒤쪽에 월세로 빌라를 얻어 함께 살고 있었다.

"걔가 쓰는 치약은 다 썼는데 다 쓴 게 아니야. 내가 짜면 분명 안 나오는데 걔가 짜면 나오거든. 그러니까 우리는 치약을 살 수가 없어. 정말 대단하지 않냐?"

교복을 입은 여자아이가 편의점을 나왔다. 머리를 감은 지 얼마 되지 않았는지 반쯤 마른 머리카락을 한쪽 손으로 휙 넘겼다. 한 남자아이가 손에 든 과자봉지를 흔들며 나왔다. 과자가 쏟아져 바닥에 떨어졌다. 편의점 알바생이 튀어나오더니 바닥을 쓸었다. 배가 나온 점장이 알바생이 하는 모습을 지켜봤다. 하군이 지나가는 여자들을 힐끔거렸다. 해미는 손으로 파리를 쫓았다. 파리는 삼 킬로미터 밖에서도 냄새를 맡고 날아온다. 그것이 자신에게서 풍기는 냄새 때문일까봐 해미는 열심히 손을 휘저었다.

이내 둘은 일어섰다. 초등학교 운동장을 지나 개나리공원까지 걸어 내려갔다. 해미가 손을 좀 씻어야겠다고 하니까 하군이 길 건너 카페를 가리켰다.

소리 높여 말해야 할 만큼 시끄러운 음악이 연이어 흘러나왔다. 제일 안쪽 구석에 자리를 잡았다. 하군이 커피를 주문하러 간 사이 해미는 손을 씻기 위해 화장실엘 갔다. 남자 화장실에 비해 여자 화장실은 복잡했다. 계단 아래까지 줄이 늘어서 있었고 손을 씻는 데도 줄을 서야 했다. 땀냄새와 화장품 냄새, 담배 냄새와 향수 냄새, 오물 냄새가 뒤섞여 있었다.

화장실에서 돌아온 해미는 멍하니 테이블 사이에 서 있었다. 하군이 보이지 않았다. 밖에도 그는 없었다. 전화를 해도 받지 않았다. 건물 밖 주차장에 검은 옷을 입은 한 남자가 담배를 문 채 맞은편 건물을 멍하니 보고 있었다. 해미는 건물 밖으로 나가 라일락 한 대를 피웠다. 불안한 엔진 소리를 내며 오토바이가 지나갔다. 키 큰 여자가 카페에서 나왔다. 어리고 풋풋한 여자들이 지나갔다. 머리가 등허리까지 내려온 여자가 지나갔다. 다리가 예쁜 여자가 골목을 지나갔다. 비싸 보이는 여자가 지나갔다. 해미와 다른 세상에 사는 진짜 여자 같은 여자들이었다. 해미는 고물상으로 돌아왔다. 지창씨는 기계에 머리를 기댄 채 졸고 있었다. 하군에게서 전화가 왔다.

"어디야?"

하군이 물었다.

"넌 어디야?"

"카페지. 넌?"

하군이 물었다.

"안 보이길래 그냥 가버린 줄 알았어."

해미가 말했다. 그는 테이블에 앉아 있다고 했다. 그러나 해미가 포터를 끌고 카페에 갔을 때 그는 없었다. 해미는 전화를 걸었다. 하군은 어디에도 가지 않고 카페에서 그녀를 기다린다고 했다. 그러면서 하군은 해미에게 지금 어디에 있냐고 물었다. 해미는 텅 빈 카페 안을 바라보며 말했다.

"모르겠다. 내가 지금 어디에 있는지."

실패했어요

텅 빈 컨테이너에 전화벨이 울리고 있었다. 점심을 먹고 돌아온 해미는 재빨리 전화를 받았다. 의뢰 전화였다. 평소와 달리 그녀는 부지런을 떨었다. 견적을 뽑기 위해 의뢰인이 알려준 주소지로 출발했다. 포터가 있으면 가져갔겠지만 정비소에 맡겨놓은 상태였다. 수중에 수리비가 없고, 마침 일도 없어 차를 찾아오는 걸 미루고 있었다. 플래너 하나만 들고 고물상을 나왔다. 일방통행인 학동로를 죽 걸어내려가 가구거리에 이르렀다. 지금은 수입가구점이 즐비하지만 해미가 어릴 때는 지저분하고 시끄러운 시장통이었다. 일 미터 간격으로 횡단보도가 있었다. 하지만 언제나처럼 해미는 무단횡단을 했다. 골목에 들어서자 골프 그물망이 보였다. 골프연습장 바로 옆 스크린골프장 건물이 해미의 목적지였다. 주인이 바뀌면서 맨 위 두 개 층을 원룸으로 개조했다. 꼭대기 층인 칠층에 내려 다닥다닥 붙은 문들을 지났다. 복도 끝에 서서 벨을 누르자 이십대 초반의 앳된 남자가 문을 열어주었다.

말 잘 듣게 생겼다고, 보자마자 생각했다. 방금 전 전화한 분이 맞냐고 해미가 묻자 남자는 그렇다고 했다. 시선이 마주치자 눈꼬리가 처지는 게 유순해 보였다. 또래 아이들에게 완전 밥이겠구나, 하는 쓸데없는 생각을 했다.

해미는 방안을 살폈다. 케이크를 자르다 애매하게 남겨진 마지막 조각을 떠올렸다. 방이 아니라 어느 집 복도를 뚝 떼어다놓았다고 하는 게 어울렸다. 원서 몇 권과 벽에 걸린 옷가지로 봐서 젊은 남자의 방이었다. 바깥으로 통하는 유리문을 열고 나가자 베란다라고 할 만한 손바닥만한 공간이 나타났다.

"뛰어내린 거야?"

해미는 자신도 모르게 물었다. 촉이 딱 그랬다. 남자는 네? 라고 묻더니 그런 것 같아 보이냐고 되물었다.

"아니……야?"

해미는 그냥 죽 반말을 하기로 했다. 그녀보다 서너 살은 어려 보이니 괜찮겠지 싶었다.

"약을 먹었어요."

"안됐네."

"잘된 일이죠, 뭐."

세상을 통달한 듯한 표정을 지어 보이며 그는 말했다. 예상한 반응이 아니라 당황했지만 해미는 입을 다물었다.

그녀 직업의 최대 장점은 살아 있는 사람을 만나지 않아도 된다는 것이다. 작업을 할 때 대개 집은 비어 있다. 얼굴을 마주쳐서 좋을 일이 없기 때문이다. 작업이 끝나면 사진을 찍어 전송했다. 추가 비용이 있으면 함께 청구해 보냈다. 돈이 입금됐다는 알림이 오면 일차적으로 일은 끝났다. 전화 통화 한 번 없이 끝까지 문자만 주고받기도 했다. 의뢰인과 대면하는 건 주로 견적을 내러 갔을 때였다.

해미가 만난 의뢰인 유형은 둘 중 하나다. 해미를 보자마자 사망자가 어떻게 발견됐는지, 자신은 어떤 사정으로 망자의 뒤처리를 떠맡게 됐는지 시시콜콜 떠든다. 대부분 집주인이나 관리인인 경우다. 현장을 살피는 그녀 옆에 붙어서 속사정을 길게 늘어놓는다. 아니면 정반대 유형. 사망자의 자식이거나 별거하는 배우자나 부모인 경우다. 굳은 얼굴로 입이 붙어버린 사람처럼 아무런 말도 하지 않는다. 남자는 둘 중 어디에도 해당되지 않았다. 슬픔도 당황도 분노도 아무것도 읽을 수 없었다. 이상한 건 그뿐만이 아니었다. 방안에서는 아무런 냄새가 나지 않았다.

"시체 흔적도 없고 방도 하나고…… 사십이면 되겠는데."

해미는 양심껏 말했다.

"사십이면 사십만원이라는 거예요?"

남자가 놀란 듯 눈을 치켜떴다.

"왜, 그게 비싸? 그럼 딴 데 알아보시든가."

남자는 도무지 납득할 수 없다는 얼굴이었다.

"그럼 삼십. 알지? 이삿짐 센터를 불러도 삼십은 들어. 아무리 냄새가 안 뱄다고 해도 시체가 머문 방이잖아. 못해도 하루는 지났을 거 아냐. 위생처리는 해야지. 소각할 것도 있고. 소각은 후처리 비용으로 들어가는 거 알지?"

해미는 재빨리 덧붙였다.

"오늘은 시간이 좀 그렇고 내일 일찍 오면 되겠네."

남자는 해미를 물끄러미 바라봤다.

"내일은 너무, 빨라요."

"그럼 언제?"

남자는 결심이 필요한 얼굴이었다. 돌이켜 생각해보면 왜 자신이 눈치채지 못했는지 의아할 정도다. 그때 해미는 수수료를 받아 포터를 빨리 찾아오는 데만 온통 정신이 가 있었다.

"그런데 입금은 누가 해?"

그녀의 질문에 남자 얼굴이 복잡해졌다.

"누구라도 할 거예요."

해미는 플래너를 책상에 소리나게 내려놓았다.

"지금 장난하니?"

남자는 움찔했고, 재빨리 고개를 저었다. 확인을 더 받아둬야 하나 말아야 하나 고민하다 해미는 그대로 돌아섰다.

"야, 안 되겠다. 다른 데 알아봐."

해미가 돌아서자 남자가 다급하게 소리쳤다.

"지금 드릴게요."

바지 주머니에서 돈을 꺼냈다. 그러면 그렇지 싶었다. 가족에게 받은 돈을 중간에 착복할 생각이거나 이미 써버렸거나, 그랬을 거라고 해미는 짐작했다.

남자는 반으로 접힌 지폐를 펼쳐서 세어보기 시작했다. 돈이 모자라는지 난감해하는 표정을 지었다. 책상 서랍을 제 것인 양 뒤졌다. 보고 있기 민망한 장면이었다. 그뒤로는 상황이 더 민망해졌다. 그는 두꺼운 책을 꺼내더니 죽 넘겨봤다. 외투 주머니도 뒤졌다. 유리병에 든 동전까지 긁어모았다. 그는 열어본 서랍을 다시 열었고 펼쳤던 책을 다시 펼쳤다. 계속 보고 있기 거북했다. 야, 하고 해미는 짜증스런 목소리로 그를 불렀다.

"그거면 됐으니까 그냥 줘."

세어보니 삼만원이 비었다.

사흘 뒤 일찌감치 정비소에 들러 포터를 찾아 건너갔다. 알려줬던 비밀번호를 누르는데 남자가 문을 열어주었다.

"어, 아직 있었네?"

해미는 의아해서 물었다.

"죄송해요."

남자가 말했다. 자신이 거기 있는 게 죄송하다는 건지, 돈을 다 채워주지 못해 죄송하다는 건지 알 수 없었다. 그래, 그래, 하고 해미는 건성으로 고개를 끄덕였다. 그런 인간들이 있다. 아무 짓도 하지 않고 눈만 마주쳐도 죄송해하는 인간들.

장비부터 일단 옮기고 얘기하자, 고 말하고 해미는 복도에 놓인 장비를 들어서 현관 문턱을 넘으려고 했다. 그가 버티고 서서 비켜주지 않았다. 남자는 전날과 달리 몹시 불안하고 초조해 보였다. 그제야 문제가 있다는 걸 알았다.

"더 싼 업체를 찾으셨어요?"

해미 입에서 저절로 존대가 나왔다.

"그런 게 아니라……"

남자는 말을 잇지 못했다. 고개를 푹 떨궜다. 양쪽 귀가 유난히 새빨개져 있었다.

"실패했어요."

남자는 자신의 발에서 약간 비켜선 곳에 시선을 고정한 채 말했다. 이 인간이 지금 무슨 핑계를 대나 했다. 다시 생각해보니 돈이 아까웠나 싶었다. 그러나 이미 돈을 지불한 뒤가 아닌가. 해미는 남자의 표정을 찬찬히 살피고서야 '실패'의 의미를 깨달았다.

자신의 유품정리를 직접 의뢰하는 사람들이 있다. 죽은 상태로 몇 날 며칠 방치된다고 생각하면 끔찍할 것이다. 자신의 끔찍한 마지막을 목격하게 하고 싶지 않을 수도 있다. 그거야 개인 사정이니 해미가 뭐라고 할 건 아니다. 문제는 남자가 고인이 되지 못했다는 것이다.

"미리 연락이라도 주시지."

해미는 자신도 모르게 중얼거렸다. 남자는 고개를 더 푹 숙였다. 이렇게 일찍 올 줄은 몰랐다고 했다. 어쨌든 남자는 죽지 않았고, 해미는 시체를 목격할 뻔한 상황을 모면했다. 또 언제 시도를 할지 알 수 없지만 자신이 이 인간을 다시 볼 일은 없겠다 싶었다. 알겠다고 하고 돌아서려는데 남자가 해미를 불러세웠다.

"저기, 저, 제가 드린 처, 처리 비용 말인데요."

어느새 그의 목까지 새빨개져 있었다.

"계좌로 보낼게."

해미는 재빨리 대꾸했다.

"그런데 다는 안 되고 이십만원 보낸다. 하루 공쳤잖아. 대여해온 장비값도 있고."

그때 해미도 이해하지 못할 일이 일어났다. 억울해하던 남자의 얼굴 표정이 순식간에 달라졌다.

"보내실 필요 없어요."

그가 냉랭하게 말했다.

"응?"

"생각해보니까 그러실 필요 없을 것 같아서요."

말을 마치고 그는 문을 닫고 들어갔다. 그가 한 말의 의미를 이해하는 데 사오 초 정도의 시간이 걸렸다. 해미는 멍한 상태로 벨을 눌렀다. 안에서는 아무런 반응도 없었다. 다시 벨을 누르고 또다시 누르자 그가 문을 열었다. 그들은 서로를 말없이 바라봤다.

그러나 그는 아무것도 보고 있지 않았다. 아무 말도 들리지 않는다는 얼굴이었다. 다시 그는 문을 닫아걸었다.

해미는 닫힌 문 앞에 꼼짝하지 않고 서 있었다. 꼼짝할 수가 없었다. 그녀가 그를 위해 해줄 수 있는 건 아주 잠깐 동안의 침묵일 뿐이라는 생각이 들었다.

간판을 걸다

해미는 불빛이 가득한 창고 문을 열었다. 지창씨는 골똘히 생각에 빠져 있었다.

"더이상은 못해먹겠어."

그 말을 한 건 지창씨였다. 해미는 당황했다.

"너한테 더이상 그 짓을 시키는 것도 염치없고."

지창씨 손에 연구소에서 온 분석 자료가 들려 있었다. 이번에도 또 황이구나 싶었다. 지창씨의 머릿속에서는 항상 무궁무진한 아이디어가 떠올랐다. 이걸 이렇게 했어야 했어, 라든가 그쪽이 아마 부실해설 거야, 라고 중얼거렸다. 조금만 손을 보면 순수한 이트륨이 될 거라고 지창씨는 늘 자신했다. 은백색으로 빛나는 그 물질이 지창씨의 꿈에 매일 나타났다. 바로 나야, 라고 자신의 존재를 알렸다. 이렇게까지 기운이 빠져 있는 지창씨를 본 적이 없었다.

"무슨 소리야? 하는 데까지 해봐야지."

해미 입에서 엉뚱한 말이 나왔다.

"지금 여기서 그만두면 지창씨만 억울한 게 아니야."

진짜 억울한 건 지창씨가 아니었다.

"아버지."

하고 해미는 지창씨를 불렀다.

"응?"

지창씨가 긴장했다.

"간판을 바꿔 걸어야겠어."

지창씨에게 하는 말이라기보다 해미 자신에게 하는 말이었다. 여기까지 왔는데 끝까지 가보자 싶었다.

"왜?"

"기왕 하는 고생인데 돈벌이가 돼야지."

하, 해미는 한숨을 쉬며 들고 있던 수건을 휙 내던졌다.

"아는 사람은 알아도 우리가 이 일 하는 거 모르는 사람들은 모른다고. 스티커도 제작해서 다른 지역에 붙이고, 플래카드도 달고, 직원도 뽑아야겠어."

돈이 좀 된다는 소문이 도니까 너도 나도 다 해보겠다고 달려들었다.

블로그를 만들어서 작업 내용을 상세하게 올렸다. 자신들이 얼마나 전문적인지, 위생에 철저한지 과시했다. 물론 다 개소리였다. 하지만 누구라도 검색은 해볼 것이고 한 번이라도 전화를 해보지 않겠는가. 해미 역시 그들에게 맞춰 출장비를 낮췄다. 사람을 더 쓰지 않기 위해 청소까지 맡아서 했다. 그런데도 예전만 못했다.

지창씨가 중간에 그만두지만 않았어도 이 구역을 선점했을 테고 입지를 굳혔을 것이다. 해미는 말을 하다 말고 입을 다물었다. 지창씨는 겁을 먹었다. 그렇게까지 일을 키우고 싶지 않은 얼굴이었다. 그러나 해미에게는 더 큰 결심이 필요한 일이라는 걸 지창씨도 알았다.

다음날, 출장에서 돌아왔을 때 지창씨가 사무실에 앉아 해미를 기다리고 있었다. 해미는 소파에 몸을 파묻었다.

"마셔라."

지창씨가 내미는 물잔을 받아서 죽 들이켰다.

"이 잔에 술 따라 마셨어?"

해미는 지창씨를 바라보며 인상을 구겼다.

"물에서 술냄새가 나는 거 같은데?"

"그거 물 아니야."

지창씨가 태연하게 말했다. 그제야 해미는 자신이 마신 게 물이 아니라 술이라는 걸 알았다.

"딸한테 깡술을 멕이는 아버지가 세상에 어딨어?"

해미는 분을 삭이며 말했다. 화를 낼 기운도 없었다.

"딸아이가 있었다면서?"

지창씨가 물었다.

"어떻게 알았어?"

지창씨는 정씨와 통화를 했다고 했다. 정씨는 한때 고물상에서 집게차를 몰았다. 지금은 해미의 유품정리 일을 도와주고 있었다. 해미가 무슨 일로 통화를 했냐고 묻자 지창씨는 입을 다물었다.

십 일 만에 사체가 발견된 현장이었다. 삼십대 후반의 여자로 남편과 이혼하고 딸을 데리고 살았다. 딸이 아버지 집에 가 있는 사이 여자가 쓰러졌다.

아이아버지는 급한 대로 현장만 치우고 소독을 해달라고 했다. 살림살이를 빼내고 폐기물 처리를 하는 건 며칠 뒤에 다시 가서 하기로 했다.

"딸아이가 열다섯 살이라면서? 작업하는 걸 계속 지켜봤다던데?"

"정씨 아저씨가 그래?"

해미는 고개를 갸웃했다.

"있는 줄도 몰랐네."

"일이 끝나니까 따뜻하게 데운 보리차를 가져다주더라던데?"

"그게 그애가 준 거였구나."

해미는 소파에 몸을 더 깊숙이 묻으며 말했다. 전혀, 아무런 기억도 나지 않았다. 기억할 필요도 없었다. 해미는 종종 작업장에 나타난 의뢰인이나 집주인을 보지 못했다. 눈앞에 있는데도 몰랐다. 안과에 가봤지만 눈에는 아무런 이상이 없었다. 정씨는 안과가 아니라 정신과에 가보라고 했지만 그녀는 그렇게까지 할 필요를 느끼지 못했다. 보고 싶지 않으니까 보이지 않는 것 아니겠냐고 했다.

"너 2월호텔 알지?"

지창씨는 해미가 비운 잔에 소주를 따라 마셨다. 2월호텔이면 강남대로변에서 한 블록 지나서 안쪽에 있는 비즈니스 호텔이었다.

"거기 아직도 영업해?"

해미는 지창씨가 마시다 만 소주를 마저 비웠다. 지창씨는 대답 대신 옛날이야기를 꺼냈다.

"그 위로 반포천이 흘렀거든. 개천에 뛰어들어 물고기를 잡았지. 국기원 주위는 전부 콩밭에 미나리꽝이었어."

해미가 다닌 중학교는 은마아파트 안쪽에 있었다. 손바닥만한 운동장을 아파트들이 에워싸고 있었다. 벌거벗은 채 앞치마만 두른 여자들이 빨래 너는 걸 운동장 구석에 앉아 바라보곤 했다. 어떤 날은 널어놓은 빨래에 맺힌 물방울이 바닥으로 떨어지는 게 보일 때도 있었다. 밤엔 교복 차림으로 가방 메고 강남역 주변을 쏘다녔다. 극장이 두 개 있었고 중간 규모의 서점이 세 개, 나머지는 다 술집이었다. 교보문고와 CGV가 들어오면서 열심히 문제집을 사러 들렀던 서점이며 영화관이 하나씩 하나씩 문을 닫았다.

2월호텔만 해도 십오 년 전엔 일대에서 꽤 모던한 건물이었다. 당시에 모던하다는 건 건축비 대비 가장 효율적으로 지어졌다는 의미이기도 했다. 몇 년 전 좁은 골목 하나를 사이에 두고 힐탑호텔이 생겼다. 힐탑은 콘셉트가 확실했다. 짝퉁스런 간판만큼이나 외관이 대놓고 삼류 호텔스러웠다. 맘놓고 들어와라, 하는 느낌이 있었다. 막상 들어가보면 가격이 생각처럼 싼 건 아니었다. 그래도 불만이 없는 건 새 건물이라 시설이 나쁘지 않기 때문이었다. 결국 힐탑은 주위의 자잘한 가건물 몇 개를 사들여 허물고 십일층짜리 뉴힐탑을 지었다. 더 이상 2월호텔에 방이 꽉 차는 일이 없었다. 지창씨는 오랜만에 2월호텔 지배인에게서 연락을 받았다.

"무슨 일로?"

해미는 떨떠름하게 물었다.

"거기 지배인이 사장 막냇동생이잖아."

지창씨와 두 살 터울이었다. 불룩하게 배가 나오고 머리가 벗어진 평범한 오십대 중년 남자였다. 한창 고물을 가져다 나를 때는 이틀에 한 번꼴로 지창씨를 불러냈다. 두 사람이 형 동생 하며 마신 술값은 언제나 지창씨 지갑에서 나갔다. 한번은 친구와 술을 마시다 지창씨를 불러 술값을 대신 계산하게 하기도 했다. 가끔 고물상에 오면 해미 엉덩이를 슬쩍슬쩍 만지곤 했다. 그때마다 찔러주던 용돈만 아니었다면 그의 손목은 애초에 부러졌을 것이다.

"며칠 전 뉴스에 났었다는데."

지창씨가 말끝을 흐렸다.

주말을 제외하곤 방이 반도 차지 않는 이 호텔에 젊은 남녀가 들었다. 평일 한낮이었다. 로비에 들어선 그들은 무인체크기에서 방을 클릭하고 카드 결제를 했다. 다음날 퇴실시간이 지났는데도 투숙객들은 나갈 생각을 하지 않았다. 지배인은 담당 직원과 함께 객실로 향했다. 마스터키로 방문을 열었을 때 그들의 눈앞에 전혀 예상치 못한 광경이 펼쳐졌다.

"침대에 젊은 남녀가 누워 있었어. 고개를 나란히 오른쪽으로 하고 엎드린 채 숨을 쉬지 않는 거야. 이불을 걷어내니까 둘 다 알몸이었고. 다툰 것 같지는 않았어. 누군가 침입한 흔적도 없었고. 몸도 따뜻했어."

지배인은 지창씨에게 말했다.

"특별히 기억나는 건 없어. 두꺼운 암막커튼이 젖혀져 있어서 햇빛이 그대로 쏟아져 들어왔어. 바람이 불 때마다 얇은 속커튼이 날리면서 되게 평화로운 느낌이었거든. 그게 충격이라면 충격이었지."

경찰이 조사한 바로 둘은 전부터 아는 사이였다. 하지만 문자나 카톡 내용을 뒤져봐도 연인관계라고 할 만한 증거는 하나도 나오지 않았다. 동반자살을 시도했다는 게 그나마 설득력 있는 얘긴데 사인이 밝혀지지 않으니 알 수 없었다. 유서도 없었다. 혹시 방에 문제가 있었던 게 아닐까 조사를 했다. 지하 보일러실의 가스가 샜을 가능성이 있다는 결과가 나오긴 했는데 사체에 이렇다 할 증상이 나타나지 않아 추측만 무성했다. 그들이 왜 죽으려고 했는지, 어떤 방법으로 죽은 것인지, 죽으려고 한 건 맞는지 전혀 알 수가 없었다.

미스터리로 가득한 사건이었다.

사건 직후 직원들은 그 방에 들어가길 꺼려했다. 하루가 지났을 뿐인데 이상야릇한 냄새가 났다. 지배인 역시 방안에 들어서면 느낌이 좋지 않다고 했다. 잠시도 있기 싫다고 했다. 꿈자리까지 뒤숭숭하게 할 정도로 사람을 우울하게 한다고 했다.

"하루 만에 시취가 뱄을 리는 없을 텐데?"

지창씨도 의아해했다.

"모르겠어. 그냥 들어가기 꺼려지는 그런 냄새가 나. 고객들이 들락거리니 방문을 열어놓을 수도 없고. 그런다고 빠질 냄새도 아닌 것 같고."

제대로 겁을 먹은 목소리였다. 지배인의 부탁을 받고 지창씨는 정씨에게 전화해 일을 좀 해달라고 했다. 정씨는 지창씨가 하는 말을 가만히 듣더니 말했다.

"모르시나본데 저는 그냥 거들 뿐이에요."

애초에 지창씨가 잘못 생각한 것이다. 정씨는 혼자 일할 배짱이 없었다. 그걸 정씨 자신도 알고 있었다.
"따님이 정말 일을 잘해요."

다음날 아침, 해미는 남녀가 묵었다던 방문을 열었다. 생각보다 무척 깔끔하고 정돈돼 있었다. 그러나 방에 밴 냄새 때문에 좋은 인상을 주지는 못했다. 시취라고 할 수는 없지만 아니라고 확실하게 말할 수도 없는 야릇한 냄새가 났다. 방안에서 숨을 몇 번 쉬었을 뿐인데 냄새가 골속으로 들어와 흡착되는 느낌이었다. 그녀는 허공에 대고 킁킁 냄새를 맡았다.

"여러 가지 복잡한 냄새가 섞여 있어요."

해미는 지배인에게 말했다.

"향을 피우고 있었던 것 같은데……"

강력한 향이었다. 그렇다고 흔한 향은 아니었다. 그게 죽음의 원인이 됐을지도 모르겠다고 추측했다.

"방에 밴 냄새가 몸에 좋을 리는 없겠네."

지배인은 문 앞에 서서 중얼거렸다.

해미는 좀더 안으로 들어가 내부를 살폈다. 바닥에 카펫이 깔려 있고 벽엔 모두 하얀 벽지가 발라져 있었다. 커튼은 복숭앗빛이 돌아 무거워 보이지 않았다. 침대 옆으로 작은 냉장고와 원목 테이블이 있었다. 해미는 가구와 가전제품을 다 폐기하겠다고 말했다. 지배인은 난감한 얼굴이었다. 리모델링을 한 지 얼마 되지 않았다고 했다.

"가구와 가전제품을 다 빼내지 않으면 냄새가 완전히 사라지지 않을 거예요."

해미 말에 그는 선뜻 수긍하지 못했다. 무슨 꿍꿍인가 하는 얼굴이었다. 비용을 더 싸게 받는 것도 아니면서 가구와 가전제품을 다 가져가겠다니까. 지배인이 망설이는 걸 눈치채고 해미는 일어섰다.

"내키지 않으시면 다른 업체 알아보세요."

"그 아가씨 성질 드럽게 급하네."

지배인이 해미의 소매를 잡아끌었다.

체크아웃이 끝난 시각에 맞춰 해미는 작업에 들어갔다. 일을 도와줄 사람을 부르지 않았다. 발소리를 하나라도 줄여야 했다. 위생복도 마스크도 포기해야 했다. 행여라도 다른 투숙객의 눈에 띌 수 있기 때문이었다.

호텔은 여느 날과 다름없었다. 룸메이드들은 객실을 청소하고 베딩을 했다. 프런트 직원은 예약 확인을 하고, 식당에서는 직원들이 먹을 점심을 준비했다. 비상계단을 지나다 무거운 짐이 바닥에 닿는 듯한 소리를 들은 직원이 있긴 했지만 대부분은 별다른 소리를 듣지 못했다.

'작업 종료, 확인 바람.'

세미나실 의자에 앉아 졸고 있던 지배인이 해미의 문자를 받은 건 오후 세시 정각이었다.

"덩치 큰 가구들이 녹아 없어진 것처럼 사라졌어. 벽지에도 가구 흔적이 전혀 없고. 어떻게 해도 안 없어지던 냄새가 말끔하게 사라진 거야. 거북한 약품 냄새 같은 것도 나지 않더라고. 대체 어떻게 한 거야?"

지배인은 지창씨에게 전화를 걸어 물었다.

지창씨는 지배인의 질문에 대답을 해줄 수가 없었다. 이제 유품정리 일은 그의 영역이 아니었다. 해미에게도 노하우가 생겼다. 지창씨가 할 때보다 더 효율적으로 빠르게 냄새를 없애는 약품도 나왔다.

지배인이 지창씨와 통화하는 동안 해미는 분해하고 남은 가구 잔해와 연식이 얼마 되지 않은 새 냉장고를 포터에 실었다. 분해해서 냄새를 없애고 난 냉장고를 누구에게 팔까 궁리를 하며 호텔 주차장을 빠져나갔다.

"어떤 술수를 썼는지 모르겠어."

지배인은 지창씨에게 말했다.

"내가 케이크를 막 꺼낸 상자 안에 있는 것 같더라니까. 그런데 그 아가씨는 대체 누구야?"

낡은 고물상 간판이 내려졌다. 고물상 입구 철문에 새 간판이 걸렸다. 사업의 목적만을 알리는 '유품정리'라는 글귀와 해미의 휴대폰 번호, 사무실 전화번호가 현란한 LED 조명으로 무장하고 담벼락을 빙 둘러쌌다.

사진을 삽니다

"유품정리…… 너 혼자 하는 건 아니지?"

고물상 마당에 쪼그려앉은 하군이 불쑥 해미에게 물었다.

"아니면, 너도 해보게?"

"안 될까?"

"정육점은 어쩌고?"

"둘이 손가락만 빨고 있는데 뭐."

하군은 잠시 입을 다물고 있다 덧붙였다.

"나는 발골도 못하고 칼질도 서툴고."

"혼자 할 수 있는 건수는 혼자 해야지. 왜 누구랑 나눠먹겠냐."

해미는 하군을 끌어들이고 싶지 않았다.

"거저 버는 것 같아 보여도 안 그래. 큰 장비는 대여해야지. 짐을 싣고 와야 하니까 포터는 몰아야지. 그럼 기름값이 들잖아. 잔 고장은 또 얼마나 많은데. 거기다 인건비까지 떼면 정말 남는 게 없지. 소각할 때 드는 비용이 제일 커. 창고에 한번 가봐. 창고 안이 꽉 차게 고철 덩어리나 다름없는 기계들이 죽 연결돼 있거든. 저 큰 기계가 매일 돌아가잖아. 전기세만 해도 얼마나 들겠냐?"

해미는 잠시 말을 끊고 끓어오르는 화를 진정시켰다.

"마당 좀 봐. 진짜 깨끗하지 않냐?"

"그러네."

하군이 고개를 끄덕였다.

"지창씨가 학동역 앞 경기자원과 언주로에 있는 제일물물과 거래를 텄거든. 휴대폰에 들어가는 부품을 일 킬로그램 모아오는 데 열흘이 걸리는데……"

"휴대폰 부품은 왜?"

"지창씨랑 바람이 난 저 기계가 매일같이 잡수시거든."

"재활용기계야?"

"아네? 휴대폰 한 대를 분해하면 금이 0.04그램 나와. 근데 거기 금보다 비싼 이트륨이라는 희귀 금속이 들어 있거든. 그 이트륨이 휴대폰에만 있는 게 아니야. 이걸 써서 만든 부품이 MP3, PMP, 디지털카메라, 청소기, 냉장고에도 들어가고 세탁기, 텔레비전, 자동차 뭐 웬만한 가전제품에는 죄다 들어간다는 거지. 이트륨이 들어가는 가전제품이 크게 프린트가 돼서 경기자원하고 제일물물에 있단 말이지. 왜냐면 그걸 아버지가 사들이거든. 사는 사람만 있으면 쓰레기도 갑자기 상품이 되는 거니까."

잘게 잘린 전자 폐기물은 세 곳의 투입구로 들어갔다. 알아서 거를 건 거르고 부술 것은 부수고 갈아버릴 건 갈아버렸다. 지창씨는 옆에 붙어서 과열이 되지 않도록 투입하는 폐기물의 양을 줄였다 늘렸다 했다. 원통형의 기계 안에서 투입물들이 이동하는 소리가 났다. 고유한 형태가 박살나며 발생하는 경쾌한 마찰음이 쉴 틈 없이 이어졌다. 매끄럽게 다음 과정으로 넘어가지 못했을 때는 거대한 로프가 감기며 앓는 소리를 냈다. 지창씨는 쇠망치로 한 번씩 퉁퉁 쳐주기도 했는데 그러면 소리가 훨씬 부드러워졌다. 우우우웅, 하며 기계 전체가 떨리며 울 때도 있었다.

"트럭에서 내린 사람들이 휴대폰 부품을 포대에 담아가지고 와서 창고 앞에 놓고 가. 기계에 바로 넣을 수 있게 분철 압축기에 넣어 아주 잘게 잘라서. 마당을 깨끗하게 쓸어놓으면 물건을 내려놓고 가지. 부품을 가져오지 않는 날도 직원들이 와서 쓸어놔. 두 고물상이 번갈아가면서 하루에 한 번씩. 혹시 다른 데하고 거래를 틀까봐 확인도 할 겸."

해미는 목이 말랐다. 갑자기 열을 내 말했더니 머리도 어지러웠다.

"얼마나 고맙겠니? 요즘은 고철도 파지값보다 못한데."

해미 말에 하군이 동감했다.

"나라도 열심히 마당을 쓸겠다."

국수 할매가 겨울 헌옷을 잔뜩 싸들고 마당 안으로 들어서는 게 보였다. 봄은 고물 줍기 좋은 계절이다. 부지런한 할매, 할배들은 아침, 저녁으로 와서 고물을 놓고 갔다. 특히 국수 할매 같은 경우는 한 달 수입이 자그마치 십오만원이었다. 할매 수입을 따라잡을 사람이 해미네 고물상에는 없었다.

"다 자기 능력만큼 하는 거지."

할매가 으쓱해져서 말했다.

"돈을 벌겠다고 마음먹었으면 하다못해 동네 마트 문 닫을 때 도와주는 성의 정도는 보여야지."

할매는 주로 이사 가는 집을 공략했다. 어느 집이 언제 이사 간다는 걸 미리 알아둔다. 그것도 아는 사람이 많아야 가능한 일이다. 따라서 할매는 동네에 얼굴 알리기도 소홀히 하지 않았다. 그러나 해미가 보기에 국수 할매의 수입을 올려주는 건 요구르트 리어카였다. 이 리어카 안에 파지를 가득 채우면 만원짜리 지폐 한 장이 할매 속바지로 들어갔다. 유모차보다 많이 담을 수 있고, 리어카보다는 크기가 작아서 할매들이 끌고 다니기에는 딱이었다. 다들 요구르트 리어카에 눈독을 들였다.

하군을 보내고 해미는 작업워커로 갈아 신었다. 주머니가 주렁주렁 달린 조끼도 껴입었다. 국수 할매 뒤로 정미 할매와 영배 할배가 리어카에 폐벽지를 잔뜩 싣고 들어섰다. 리어카에서 끌어낸 고물 무게를 재고 계산기를 두드렸다.

"도배일 하는 아는 사람이 줬어."

해미는 영배 할배가 뜯어낸 벽지 여러 묶음을 폐지 칸에다 던져넣었다. 그녀의 주머니에서 그날 처음으로 만원짜리 지폐가 나갔다. 빈 리어카를 정미 할매가 끌고 영배 할배가 밀면서 마당을 가로질러 갔다. 할배가 할매 귀에 대고 하는 소리가 다 들리도록 둘은 신이 나서 얘기를 나눴다.

그 모습을 지켜보던 국수 할매가 그들의 리어카를 발로 툭 쳤다. 정미 할매가 고개를 획 돌렸다. 말을 걸 것도 없었다. 국수 할매가 리어카를 쳤던 것처럼, 정미 할매의 발이 같은 각도로 국수 할매의 정강이로 날아갔다. 국수 할매는 몸을 옆으로 뺐다. 정미 할매가 균형을 잃고 엉덩방아를 찧자 영배 할배가 달려갔다. 할배는 일 년 전 큰 수술을 받았다. 국립암센터에 갔더니 대장암이라고 했다. 수술 후유증으로 설사를 계속했다. 매일 죽 한 그릇을 간신히 넘기는 영배 할배가 달려가봤자 어쩌지는 못했겠지만 국수 할매는 일단 뒤로 물러섰다. 이미 눈이 돌아간 정미 할매는 머리로 국수 할매의 가슴을 받았다. 주위에서 둘을 떼어놓았다. 해미는 발버둥치는 국수 할매를 한쪽 팔로 꽉 붙잡았다. 영배 할배에게 빨리 정미 할매를 데리고 가라고 소리를 질렀다. 모두 가고 나자 국수 할매가 잠잠해졌다. 해미는 할매 입에 담배를 물려주었다.

"뭘 그런 걸 질투해. 다들 할매 땜에 얼마나 배 아파하는데."

할매 욕심은 따를 자가 없었다.

트럭을 끌고 권사장이 왔다. 권사장도 헌옷을 꽤 가져왔다. 파지와 페트병도 있었다. 평소 같으면 쌩하니 갔을 국수 할매가 해미 주위를 얼쩡거렸다. 입맛을 다시는 걸 보고 해미는 짜증을 냈다.

"아까 피웠잖아."

할매는 해미 말을 듣지 못한 척 계속 서 있었다. 결국 해미가 지고 말았다. 사무실에 가보라고 했다. 책상 위에 담뱃갑이 있었다.

해미는 권사장을 보내고 고물을 분류했다. 대강 분류를 마치고 사무실로 들어섰다. 한쪽에서 할매가 테이블 아래에 놓인 상자에 코를 박고 있었다.

"뭐하는 거야?"

사과박스보다 작고 깊이가 있는 박스 안에는 지갑, USB, 시계, 안경과 휴대폰이 뒤섞여 있었다. 해미는 얼른 박스를 낚아챘다. 그러나 이미 꺼내놓은 내용물이 책상 위에 펼쳐져 있었다. 미처 처리하지 못한 채 가지고 있던 사진들이었다.

국수 할매가 사진 한 장을 한참 들여다봤다. 할매가 보고 있는 사진 속 남자아이는 교탁 위를 무심히 올려다보고 있었다. 졸업식인지 책상 위에 꽃다발이 올려져 있었다. 좀이 쑤셔 미치겠다는 얼굴이었다. 할매는 같은 아이일 것으로 짐작되는 사진 한 장을 내밀어 보였다.

"이건 중학생 땐가봐."

사진 속 남자아이가 있는 곳은 운동장이었다. 짧은 머리에 명치까지 단추가 풀어진 셔츠와 교복 재킷. 한쪽 팔에 농구공을 끼고 있었다. 긴장이 풀어진 것 같기도 하고 불만이 있는 것 같기도 했다. 쌍꺼풀진 커다란 눈을 보면 겁이 많아 보이지만 짙은 눈썹에서 고집이 느껴졌다.

"밖이라 그런가 활기차 보이네."

해미는 자신도 모르게 한마디 했다. 침대 위에서 검정 가죽재킷을 입고 스스로에게 심취해 찍은 셀카를 보고는 해미와 할매가 동시에 웃었다. 소년과 남자의 경계에 있는 얼굴이었다. 골목 모퉁이에 혼자 쪼그리고 앉아 담배를 피우다 찍힌 사진과 여자아이 어깨에 팔을 두르고 카메라를 향해 어설프게 웃는 모습도 있었다.

나머지 두 장의 사진을 보고는 둘 다 말이 없었다. 최근이었고 얼굴이 몹시 어두웠다. 세상이 뜻대로만 되지 않는다는 걸 아는 눈빛이었다. 해미를 향해 실패했어요, 라고 말하며 눈을 마주치지 못하던 바로 그 눈빛이었다.

"뭘 좀 멕여야 할 얼굴이네."

할매가 한마디를 했다.

해미는 경찰 조사를 받았다. 해미가 그를 만난 마지막 사람이기 때문이었다. 조사는 이십 분 정도 이루어졌다. 경찰이 해미에게 한 질문보다 해미가 경찰에게 한 질문이 더 많았다. 그가 어릴 때 부모는 이혼을 했다. 부모 중 누구도 그를 맡으려고 하지 않아 외할머니와 함께 살았다. 부모에게 경제적인 지원을 받고 있긴 했지만 연락을 자주 하고 사는 건 아니었다.

남자의 인생은 끝장났지만 해미 인생은 그렇지 못했다. 경찰 조사를 받고 바로 그의 원룸으로 향했다. 유품을 정리해주겠다고 돈을 받았으니까.

그의 부모는 유품을 받으려고 하지 않았다. 어떻게 연락처를 알았냐며 기분 나빠했다. 그때 수거해놓고 버리지 못한 사진들이었다.

"이거 나한테 팔아라."

할매가 손에 들고 있는 건 남자가 부모 대신 키워준 외할머니와 찍은 사진이었다. 사진 속 노인의 얼굴을 할매가 말없이 바라봤다. 세상에 오직 둘밖에 없다는 듯 두 사람은 손을 꼭 잡고 웃고 있었다.

"이걸 사서 뭐해? 할매 손자 없어? 손자 사진 보면 되잖아."

해미는 성질을 냈다.

"얼마에 팔래?"

할매는 끄떡도 하지 않고 물었다.

"안 돼."

해미는 사진을 박스 속에 넣었다.

"파는 거 아니야."

할매가 속바지 속으로 손을 쑥 집어넣었다. 십원짜리 동전 하나를 꺼내 책상 위에 올려놓았다. 해미가 고개를 젓자 가지고 있던 동전을 다 꺼내놓았다.

"그냥 가져가."

할매는 돌아서기 전 사진 한 움큼을 더 챙겼다. 쓸데없이 욕심만 많은 할매였다.

밤이 되자 제법 찬바람이 불었다. 해미는 목욕탕 의자를 놓고 엉덩이를 걸쳤다. 담장 너머 희미한 가로등 불빛과 더 멀리서 빛나는 빌라의 불빛들을 봤다. 늘 똑같은 밤하늘. 별것 없었다. 별것 있으리라 새삼 기대한 것도 아니었다. 창고 안에서 우우우웅, 기계 우는 소리가 들려왔다. 해미는 숨을 죽이고 귀를 기울였다. 단단히 바람이 든 지창씨는 특별히 할 일이 없을 때도 기계에 붙어 있었다. 바람공장 공장장의 아들다웠다. 창고에 난 작은 창에 가득한 불빛을 보며 해미는 골똘히 생각에 빠졌다.

'왜 사진을 태워버리지 못했을까.'

처음에는 유족들 마음이 바뀔지 모른다는 생각으로 가지고 있었다. 그러다 혼자가 되면 사진들을 꺼내서 보곤 했다. 유품을 정리하다 발견한 유서에는 외할머니의 죽음과 믿었던 친구에 대한 배신감, 상실감이 A4용지 가득 적혀 있었다. 그가 자신의 생에 내린 결말을 알고 있음에도 사진 속 웃는 얼굴을 보고 있으면 해미는 자신도 모르게 따라 웃게 되었다. 아무리 생각해도 자신처럼 실없는 인간이 또 있을까 싶어졌다.

끝나지 않은 하루

내내 흐리고 습했다. 비는 내리지 않았다. 사람들은 마른장마라고 불렀다. 장마 기간이 끝나자 기온이 무섭게 올라갔다. 똥구멍이며 숨구멍도 조이고 간신히 호흡만 유지했다. 어쨌든 해미 주위는 다들 무사했다.

늦게 일이 끝났다. 정씨를 집까지 바래다주고 돌아와보니 고물상 문이 활짝 열려 있었다. 컨테이너 안에 지창씨 모습이 보이지 않았다. 행여나 무슨 일이 있나 싶어 심장이 덜컥 내려앉았다. 다행히 지창씨는 전화를 받았다. 동사무소 맞은편 국밥집에 있다고 했다. 국밥집 문을 열고 들어갔을 때 안이 텅 비어 있었다. 해미는 당황한 채 서 있었다. 자신을 부르는 지창씨 목소리를 듣고서야 해미는 그를 발견했다. 지창씨는 늘 앉는 입구 쪽에 자리를 잡고 소주를 마시고 있었다.

"술에 취해 길거리에 쓰러져 있나 했더니."

해미는 지창씨 맞은편에 앉았다.

지창씨는 빈 소주잔에 술을 채웠다. 그는 명상하듯 한 모금을 마셨다. 한 모금의 명상, 그리고 다시 시작된 긴 명상이 지창씨의 목젖으로 넘어갔다. 해미가 따라주겠다고 하는데도 술병을 넘겨주지 않았다. 해미는 지창씨의 명상을 방해하지 않기로 했다. 순댓국 두 그릇이 나왔다.

"너 국수 할매가 왜 국수 할매가 됐는 줄 아니?"

지창씨가 물었다.

"국수를 좋아해서?"

해미는 뚝배기에 얼굴을 묻은 채 대꾸했다.

"성이 이씨래."

지창씨가 말했다.

"이름은?"

"이름은 몰라."

"할매한테 물어보면 되잖아."

그는 대답은 하지 않고 낮에 경찰이 다녀갔다는 말을 했다.

"경찰이 왜?"

해미는 웃음을 거두지 않은 채 물었다.

지창씨는 이번에도 대답을 하지 않았다. 주방을 향해 술잔을 하나 더 달라고 했다. 술잔이 테이블에 놓이자 잔에 소주를 가득 따라서 해미에게 내밀었다.

"싫어."

해미는 고개를 저었다.

"딱 한 잔만."

지창씨가 사정했다. 해미가 소주잔을 비우자 그는 비로소 입을 열었다.

"십삼 년 전에 말이야, 어떤 여자가 있었어."

"지창씨 숨겨둔 애인 있어?"

말이 말 같지 않다는 듯 지창씨는 하던 말을 계속했다.

"이 여자한테 아이가 넷 있었거든."

"꾸역꾸역 많이도 낳았네."

"연년생으로 셋을 낳고, 터울이 좀 나게 막내아들을 낳은 거야. 이 막내아들이 초등학교 졸업할 때쯤이었는데, 학교에서 학부모 상담이 있었대. 학교를 쫓아다니고 어쩌고 할 정신도 없고 어떤 아이가 입학식을 하는지 졸업식을 하는지도 모르던 여자가 무슨 바람이 들었는지 상담을 간 거지. 학교에 찾아간 여자가 담임한테 충격적인 말을 듣게 된 거야. 무슨 생각을 하는지도 모르겠고, 생각을 하긴 하나 싶게 답답한 넷째가 실은 아이큐 백오십의 천재였다는 걸 알게 된 거지."

"그걸 몰랐던 거야?"

"개가 어릴 때 좀 이상한 구석이 있었나봐."

지창씨는 소주 한 병을 더 시켰다.

"하는 짓이 어딘가 조금 모자라고, 어떨 때는 넘치기도 하고 그랬나봐. 왜 저러지, 하는 게 있었단 말이지. 너처럼."

"뭐? 나처럼?"

"자기 세계에 빠져 있다고 해야 하나. 뭐 그런 거. 그런데 또 그렇게 될 수밖에 없었던 게 남편이 화가 나면 개새끼가 됐던 거야. 수틀리면 때리고 욕하고 집안 난장판 만들고. 사업을 했다 말아먹고, 직장

다니다 불쑥 그만두고. 어디 간다는 말도 없이 훌쩍 집을 떠나고. 임신중인 아내를 때려서 조산하게 만들고. 그렇게 태어난 게 막내였거든. 태생부터가 비극이지. 근데 그애한테 진짜 비극은 여자가 상담 가던 바로 그날부터 시작된 거야."

버스정류장에 내려 시장에서 장을 보고 돌아오는 한 시간이 이 여자 인생에서 가장 행복한 순간이었다. 그랬다고 자기 입으로 떠들고 다녔다. 여자의 머릿속에는 이 좋은 재료를 어떻게 써서 근사한 요리를 만들어 먹을까, 하는 생각으로 가득했다. 의사? 벤처기업 사장? 대기업 간부? 판검사? 평생 가장 큰 꿈을 꿨다. 살면서 한 번도 꿈이라는 걸 꿔본 적도 없던 여자에게 처음으로 꿈이 생긴 것이다.

여자는 생각했다. 아무래도 비위가 약한 아들이 의사가 되는 건 좀 어려울 것 같다고. 게다가 너무 시간이 오래 걸린다, 그만큼 뒷바라지할 자신도 없다. 사업은 남편 땜에 진력이 나서 싫고, 머리만 잘 돌아간다고 되는 일도 아니고. 빨리 해결을 볼 수 있는 게 고시니까 판검사를 시켜야겠다, 맘을 먹었다.

"남편 몰래 도우미 일을 시작했대. 처음에는 일주일에 두 번씩 갔는데 일을 잘했나봐. 매일 일을 다니게 되고, 그러다 하루에 두 탕도 뛰고 세 탕도 뛰고. 부탁받지도 않았는데 반찬 두세 가지씩 해주고 오는 게 고객들에게 크게 어필이 됐던 거야. 그렇게 성의껏 해주고 솜씨도 좋으니까 부르는 사람이 많았지. 몸은 고되지만 일거리는 끊이지 않았어. 밤마다 앓는 소리를 내면서도 열심히 일을 다녔대. 그렇게 번 돈으로 뭘 했겠어? 막내 과외를 시킨 거지. 학원비 대고, 책값 대고, 독서실도 독방으로 잡아주고. 애가 잘 수 있는 시간이 네 시간이 될까 말까 했대. 여자가 베개에 머리를 대지도 못하게 했으니까. 대학에 합격을 했는데 누가 촌스럽게 입학식에 오냐고 아무도 오지 못하게 했거든. 나중에 알고 보니 대학에 붙긴 했는데 가라는 법대는 아니고…… 무슨 과랬더라? 그래, 항공우주공학과."

"얼마나 멀리 도망치고 싶었을까."

해미가 중얼거렸다.

"진짜 웃긴 게 뭔지 알아? 상담이 있던 날 담임은 그날 온 엄마들에게 모두 같은 얘기를 했던 거야. 이 아이는 보통 아이가 아닙니다, 어머니. 세상에 아이큐가…… 전교에서…… 노네요. 어쩌시겠어요. 공부를 좀 시키셔도 되겠는데."

입학하고 한 학기가 지나자마자 여자는 고시학원을 등록하고 학원 바로 앞에 오피스텔도 얻어줬다. 한 달도 지나지 않아 아들 몸에 붉은 반점이 생겼다. 아들은 죽을병인가 싶어 아무에게도 알리지 못하고 병원에 갔다. 면역력이 약해져서 그렇다고 의사가 말했다. 무리를 하면 안 된다고. 학원 수업료 일 년 치를 이미 지불한 뒤라 아들은 난감했다. 사실 학원을 계속 다니고 싶지도 않았다.

"애가 여자한테 붙들려 시험장까지 가긴 했는데 그뒤로 사라졌어. 내가 죽으면 다 해결된다, 문자 하나 달랑 남기고."

지창씨는 소주를 한 병 더 주문했다. 해미가 바로 취소했다.

"내가 왜 그런 골치 아픈 얘기를 듣고 있어야 하는데?"

"들어봐."

지창씨는 입맛을 다시더니 말을 이었다.

"죽기를 결심하고 들어온 게 이 동네 고시원이었던 거야. 당장 뭘 어떻게 해보겠다는 생각은 없었던 거 같대."

"누가 그래?"

"경찰이 왔었다니까."

"경찰이 그 남자 얘기를 지창씨한테 왜 하냐고?"

해미가 따져 물었다. 지창씨는 안 되겠던지 소주잔에 물을 따라 마시더니 하던 말을 계속했다.

"석 달은 살 수 있겠다 생각했대. 석 달 안에 끝내야 한다는 결심도 했고. 딴에는 아무리 머리를 굴려봐도 선택의 여지가 없었겠지. 돈이라는 걸 한 번도 벌어본 적이 없으니까 세상이 겁나기도 했을 테고. 그게 끝이라고 생각했겠지."

"그래서 고시원에서 목이라도 맨 거야?"

"아니. 새벽에 칼을 들고 나와서 사람을 찔렀대."

"누굴?"

묻는 순간 그녀의 머릿속에 떠오르는 얼굴이 있었다. 지창씨의 표정을 보고 그게 누군지 알았다.

"할매 리어카 있잖아. 왜 그 요구르트 리어카 말이야"라고 지창씨는 해미가 못 알아들었을까봐 설명했다. "그걸 끌고 나오다 당했다나봐."

지창씨는 술을 꽤 마셨는데도 취한 얼굴이 아니었다. 해미는 벽에 걸린 달력을 바라봤다. 달력을 보는데도 머릿속에 숫자가 들어오지 않았다. 한동안 침묵이 흘렀다.

"왜 죽으려고 했던 사람이 새벽에 칼을 들고 나와서 사람을 찌르겠단 생각을 한 거야?"

해미는 물었다.

"누구든 찌르면 상대도 자신을 공격할 거라고 생각했대."

"그런데 그렇게 힘없는 상대를 골랐대?"

"막상 찌르려고 보니 겁이 났겠지."

"그래서 만만한…… 할매였던 거네?"

지독한 반전이 아닌가, 하고 해미는 생각했다. 악착같이 건강하고 악착같이 열심히 살던 할매였다.

둘밖에 없던 국밥집에 육십대 남자들이 무리 지어 들이닥쳤다. 그들은 빈자리도 많은데 하필 지창씨와 해미가 앉은 바로 옆 테이블에 자리를 잡았다. 모두 여섯 명이었다. 국밥집 안이 시끌벅적해졌다. 인원수대로 국밥을 시키고 소주 세 병을 시켰다. 일인당 반병인 셈이었다. 음식이 나오자 말 한마디 없이 조용히 밥을 먹고 이십 분 만에 사라졌다. 반찬 그릇까지 깨끗하게 비우고 갔다.

"참 말들이 없으시네."

소리 없는 태풍이 훑고 지나간 뒤 해미가 한마디 했다. 지창씨가 고개를 끄덕였다.

"일이 아직 끝나지 않았나보지."

해미와 지창씨도 일어섰다. 그들에게 주어진 하루 역시 아직 끝나지 않았다.

취하다

해미는 아침에 일어나자마자 담요를 몸에 둘렀다. 목이 잔뜩 부어 침을 삼킬 수도 없었다. 국수 할매는 고물상에서 이십 분은 걸어야 나오는 빌라촌에 살고 있었다. 정씨가 전화를 받지 않았다. 정씨를 대신할 일꾼의 연락처가 있긴 했지만 그녀는 하군에게 전화를 걸었다. 유품정리만 하면 되는 일이었다. 일당의 반은 줄 수 있는데 그래도 하겠냐고 하자 그가 냉큼 달려왔다. 약국 앞에 포터를 세우고 하군이 몸살약과 쌍화탕을 사왔다.

포터는 은행나무공원 뒤쪽으로 향했다. 학동로 건넛동네는 제법 새 건물들이 많았다. 높은 담장의 주택들도 사라지지 않고 꽤 남아 있었다. 골목을 돌면 휘황찬란한 이태리식 건물이 나타나거나 건축설계사무소 간판이 달린 노출시멘트 건물이 나타났다.

포터를 세우고 빌라의 높은 담장을 돌아 주차장 옆으로 난 철문 쪽으로 향했다. 위쪽은 스티커가 다닥다닥 붙어 있고 아래쪽은 녹이 슬어 고양이가 들락거릴 만큼 틈이 벌어져 있었다. 문을 열고 안으로 들어서자 사람 한 명 왔다갔다할 정도의 공간을 사이에 두고 방이 하나 나타났다.

창고로 쓰던 곳이었는지 안이 비좁았다. 이부자리 하나가 문 쪽으로 있고 파지가 잔뜩 쌓여 있었다. 장경위가 먼저 와서 해미를 기다리고 있었다. 실패했어요 때 그녀를 조사한 게 그였다. 할매에게 연고자가 없었다.

"휴대폰에 연락처가 있지 않나?"

해미가 물었다.

"자식 번호는 없고 아는 사람들 번호가 열 개 정도 있더라구요."

장경위가 대꾸했다.

"일일이 연락을 해서 알아낸 게 성이 이씨라는 거랑 자식이 있다는 정도예요. 주민등록증 발급할 때 주소는 없어지고. 다른 사람 명의로 휴대폰 만들고, 병원도 건강보험을 빌려서 다녔어요. 노령연금, 기초생활수급 신청도 하지 않았구요."

장경위는 짐을 정리하면 뭔가 나오지 않을까 싶어 그들이 하는 작업을 지켜봤다.

한 칸 방에 한쪽짜리 싱크대와 백 리터짜리 소형 냉장고 한 대가 다였다. 냉장고 안에는 복지관에서 가져다놓은 김장김치가 반도 줄지 않은 채 남아 있었다.

짐은 단출했다. 이부자리와 옷가지 몇 벌과 무게도 나가지 않는 오래된 솜옷 몇 벌, 십 킬로그램짜리 과일박스에 들어가는 살림살이가 다였다. 장경위는 텅 빈 방 한가운데 쪼그리고 앉아 팔짱을 꼈다. 유품정리가 끝났지만 딱히 신원을 알려주는 물건은 나오지 않았다. 해미에게 사간 사진 몇 장만 이부자리 밑에 깔려 있었다.

장경위는 사진을 한참 바라봤다. 할매가 왜 실패했어요의 사진들을 가지고 있는지 모르겠다는 얼굴이었다. 사진들을 바라보던 하군이 무심코 한마디를 했다.

"산인가?"

"수목원이에요."

장경위가 말했다.

"가평에 있어요. 여자친구가 근처 병원에서 근무해서 알아요."

셋은 머리를 맞댔다. 할매 아들도 수목원이나 그 근처에 근무하는 게 아닐까 하고 추측했다.

장경위는 큰 기대를 걸지 않는 얼굴이었다. 이걸로도 못 찾으면 무연고자로 처리돼 화장될 거라고 묻지도 않은 말을 했다.

날이 어두워지자 바람이 좀 불었다. 하군이 차창을 내렸다. 창문 너머로 수박 냄새가 났다. 어느 빌라의 지하 창문에서 밥냄새가 났다. 후끈하게 올라오는 세탁소의 약품 냄새, 식당에서 장사 준비를 하느라 내는 식기 부딪치는 소리, 카페 스피커에서 흘러나오는 노랫소리, 스크린골프장의 네온 불빛.

"비 올 것 같아."

해미가 말했다.

"어젯밤에도 바람이 이랬어."

하군이 말했다.

"비는 안 왔잖아."

"바람은 진짜 이랬어."

포터는 폐기물 처리장과 고물상을 거쳐 시장 골목 앞에 섰다.

영업을 끝내고 민머리 장은 물청소를 하고 있었다. 일주일에 한두 번만 해도 되는 물청소를 민머리 장은 매일 한다면서 하군은 투덜거렸다. 그의 깔끔함 때문에 죽어나는 건 하군이었다. 종종 오전에 들를 때면 두 남자가 투덕거리는 소리를 들을 수 있었다.

한 남자가 호스를 연결해 바닥에 물을 뿌리면 또 한 남자가 솔질을 하며 바닥에 붙은 시뻘건 고기찌꺼기와 먼지를 한쪽에 모아서 버렸다. 벽이 온통 새하얀 탓에 천장이며 벽, 바닥 할 것 없이 자잘한 고기찌꺼기가 달라붙기라도 하면 눈에 너무 잘 띄었다. 도마와 고기판은 반드시 특수세제로 씻어야 기름이 빠졌다.

해미는 담배연기를 뿜어내며 절도 있는 민머리 장의 움직임을 바라봤다. 물을 뿌렸다.

간판 불도 없는 청과물가게의 셔터는 내려가 있었다. 바로 옆 kiss헤어에는 빨간색 캡을 뒤집어쓴 여자 하나가 거울 앞에 앉아 있었다.

해미는 kiss헤어에서 두 번 머리를 잘랐다. 갈 때마다 손님은 해미뿐이었다. 커트 솜씨는 몰라도 의자 페달만은 이 동네 미용사 중 가장 박력 있게 밟았다. 중학교 때까지 교내 축구부 스트라이커였다는 여주인이 제대로 페달을 한번 밟아주면 해미의 작은 몸은 금방이라도 붕 떠서 천장에 닿을 듯했다. 정신없는 여주인을 닮아 복닥복닥한 미용실을 내려다보며 해미는 허공에 뜬 발을 탁탁 부딪쳐보곤 했다. kiss헤어도 그렇지만 정육점 옆 종로귀금속도 손님이 진짜 안 들었다. 주인 남자는 벽시계들이 쉴새없이 재깍거리는 맨 안쪽에 앉아 지나가는 사람들을 말없이 노려봤다.

그들은 편의점 파라솔에 자리를 잡았다. 하군이 해미한테 받은 일당으로 캔맥주를 사왔다.

해미는 술을 입에 대지 않았고 민머리 장은 아무리 술을 마셔도 취하는 법이 없었다. 따라서 술을 마시면 하군 혼자 취했다. 캔맥주 두 개를 마시고 하군은 혀가 꼬부라졌다. 하군도 민머리 장도 국수 할매를 알았다. 그러나 국수 할매 얘기는 꺼내지 않았다. 남편도 있고 자식도 있었다. 가족과 친구들과도 연락을 끊고 살았다. 죽은 듯 없는 듯 살다 갔다. 죽음에 의미가 없는데 사는 데 무슨 이유가 있을까. 해미는 봉지 안에 든 땅콩을 양손으로 비비며 생각했다. 그런저런 생각을 하는 사이에 흩어진 땅콩 껍질이 소복하게 쌓였다.

"아버지가 그러는데 난 고마워할 줄 아는 여자를 만나야 한대. 화목한 가정을 이루려면 말이야."

하군이 말했다.

"취했냐?"

해미는 심란해서 말했다.

"나도 취하고 싶지. 취해서 진상도 부려보고 싶고. 아무리 마셔도 멀쩡해. 취하고 싶어도 취하지를 않아"라고 주절거리더니 화장실에 가야겠다면서 일어섰다. 균형을 잡지 못하고 테이블 위에 있는 캔맥주를 엎었다. 해미는 쓸데없이 순발력을 발휘해 쓰러지는 캔을 잡았다. 민머리 장의 억센 팔이 하군의 허리 안쪽으로 들어갔다.

"내가 취해 보여?"

하군이 어깨를 축 늘어뜨리고 말했다.

"아니."

민머리 장은 그의 허리를 잡은 채 대답했다.

"나를 못 믿겠어?"

"그런 거 아니야."

"그럼 놔."

민머리 장은 하군의 몸에 감았던 팔을 뺐다. 하군은 균형을 잃고 테이블에 머리를 박았다.

싼티의 선물

해미는 의뢰 전화를 받고 바로 출발했다. 봉은사로를 따라 올라가다 GS25에서 신호등을 두 개 지났다. 신혼빌라와 마주보고 서 있는 실버타운빌라 모퉁이를 돌자 해미가 찾던 학동로 4길 111번지가 나타났다.

낡은 빌라들 사이에서도 더 작고 낡아 보이는 싼티빌라. 해미는 계단을 내려갔다. 한층 습해진 지하 공기를 들이마신 뒤 102호 앞에 섰다.

가슴에 미키마우스가 그려진 면 원피스를 입은 덩치 큰 여자가 문을 열어주었다. 여자는 해미보다 머리통 하나는 더 컸다. 얼굴은 작고 예쁘장했다. 해미가 들어가도 되겠냐고 묻자 여자는 자신의 덩치를 해미의 눈앞에서 치워주었다. 해미는 집안 전체를 재빨리 훑어봤다. 여자 뒤로 양문형 메탈 냉장고가 눈에 띄었다. 안쪽으로 주방 싱크대가 보였다. 주방 옆에 화장실, 작은방, 미닫이로 된 거실 겸 안방. 이 동네에서 흔히 볼 수 있는 빌라 구조였다.

여자는 현관에서 가까운 방 앞에 서 있었다. 해미가 작업을 해야 할 방이라는 의미였다. 방안으로 들어선 해미는 킁킁 냄새를 맡았다. 냄새에 끌리듯 반쯤 열려 있는 옷장 앞으로 다가갔다.

"여긴가요?"

해미는 옷장 문을 열었다. 옷장 안은 텅 비어 있었다.

"옷걸이 봉에 운동화 끈을 묶었어요. 운동화 끈이 그렇게 긴 줄 몰랐는데."

여자가 잠시 망설이더니 말했다.

해미는 높이를 가늠해봤다. 옷장 아래 서랍이 한 칸 있었다. 아무리 신장이 작은 남자라도 자연스럽게 발이 바닥에 닿을 높이였다. 의아해하는 해미 표정을 보고 여자가 설명했다.

"무릎은 구부리고 있었거든요."

"바닥에 발이 닿지 않으려고요?"

해미는 당황해서 물었다.

"네."

신고를 받고 달려온 119 구급대원들은 그를 내려 바닥에 눕혔다. 그뒤로는 할 수 있는 게 없었다.

"열흘쯤 됐나봐요?"

해미가 여자를 돌아보며 말했다.

"보면 알 수가 있나요?"

여자는 놀란 눈을 했다.

"혈흔이 퍼진 정도나 냄새로 알 수 있죠."

다행히 구더기는 보이지 않았다. 분비물과 혈흔만 있었다. 구더기가 없다는 건 파리 한 마리 들어오지 않았다는 의미였다. 창문도 방문도 열지 않고 살았다는 건가, 해미는 고개를 갸웃했다.

바닥에 어지럽게 널린 프린트물, 전공 서적으로 보이는 두툼한 영문 원서들, 옷장 앞에 수북이 쌓인 옷가지들이 눈에 띄었다. 방주인이 막 빠져나간 것처럼 한쪽으로 비스듬히 책상에서 의자가 빠져나와 있었고, 백팩이 알맹이를 빼먹고 난 키위 껍질처럼 축 처진 채 의자 위에 걸쳐져 있었다.

"이 방만 하실 건가요?"

해미는 여자를 돌아봤다.

"아니면 집을 다?"

여자는 잠시 생각해보더니 수수료가 올라가냐고 물었다.

"당연하죠. 일손도 더 필요하고 소각할 쓰레기 양도 늘 테니까."

"금액 차이가 많이 날까요?"

"집안을 다 하실 거면 못해도 백은 주셔야 해요."

"그렇게나요?"

여자가 소스라치게 놀랐다.

해미는 소각할 쓰레기가 십 킬로그램이면 이십오만원이 든다고 설명했다.

"이십 킬로는 오십만원이 되겠죠? 거기다 일꾼이 최소 한 명은 더 필요하구요."

이삿짐 나를 때보다 일의 강도가 더 세다고 설명했지만 그건 으레 하는 말이었다. 이삿짐은 흠집이 나면 안 되니까 조심조심 옮겨야 한다. 힘과 기술이 필요하다. 그녀가 하는 일은 달랐다. 옮기기 까다롭다 싶으면 그 자리에서 부숴버리면 그만이다. 의뢰인이 나서서 이렇게 해달라 저렇게 해달라 요구하는 일도 없으니 묵묵히 할 일만 하면 그뿐이었다. 해미는 플래너를 보며 출장은 사흘 후 가능하다고 했다.

"카드 할부는 안 될까요?"

"현금 결제밖에 안 된다고, 아까 통화하면서 분명히 말했는데요."

해미는 정색을 하고 말했다.

"아까 저랑 통화하신 분은 다른 분이셨어요?"

"당장 그만한 돈이 없어서…… 그럼 집이 나간 다음에 해야겠네요."

여자는 하는 수 없다는 듯 말했다. 그때 해미는 자신도 모르게 한숨을 쉬고 말았다. 여자가 눈을 치뜨고 해미를 봤다.

"왜요?"

"아니, 이 상태로는 집이 나가지 않을 것 같아서요."

"사람들이 알까요?"

여자가 목소리를 낮췄다.

"알죠."

냄새를 숨길 방법은 없다.

"혹시 저희 말고 다른 업체도 알아보셨어요?"

해미는 볼펜 끝으로 플래너의 하드커버를 두드렸다. 어쩐지 내키지가 않았다.

"알아봐야 해요?"

여자가 심각한 얼굴로 물었다.

"알아보고 조건이 더 좋은 쪽으로 하는 게 낫죠."

해미 말에 여자의 표정이 굳어졌다.

"설마 일을 하지 않겠다는 말은 아니죠?"

"그냥 알아보시라는 거예요."

그때 그곳을 빨리 빠져나갔어야 했다. 그러나 한발 늦고 말았다. 플래너를 챙기는데 현관 벨이 울렸다.

배달이요, 하는 젊은 남자 목소리가 들려왔다.

여자는 걸쇠를 빼내고 문을 열었다. 남자는 재빨리 그릇을 내려놓았다. 그는 여자에게서 돈을 받기도 전에 준비해가지고 온 잔돈을 내밀었다. 그녀가 배에 손을 얹으며 몸을 숙이는 순간 헐렁한 원피스에 가려져 있던, 부른 배의 모양이 적나라하게 드러났다. 이상하게 몸이 굼뜨다 싶었다. 그녀의 불룩 나온 배를 해미는 빤히 바라봤다. 여자도 자신의 부른 배를 물끄러미 내려다봤다.

"꼴에 남자라고 책임을 지겠다는 거예요. 후회하는 데 시간이 얼마 걸리지도 않더라구요."

그녀는 뱃속의 아이에게 들으라는 듯 말했다. 해미는 자신도 모르게 여자가 내민 플라스틱 그릇을 받아 식탁에 올려놓았다. 기름진 밀가루 냄새는 집안에 밴 시취를 덮었다.

면과 소스가 따로 담겨온 자장면과 우동 비슷한 것이었다. 우동이라고 하기에는 국물이 걸쭉했다. 계란을 풀어넣은 스프에 면이 담긴 것처럼 보였다.

"계속 혼자 밥을 먹었어요, 언니. 언니라고 불러도 되죠?"

여자는 냉장고에서 플라스틱 김치통을 꺼내며 말했다. 가위를 통 안으로 집어넣고 손을 이리저리 움직이며 내키는 대로 거칠게 가위질을 했다. 엄마가 담가준 김치라고 했다. 그녀 얼굴에 생기가 돌았다.

"근데 저 언니 아닌 것 같은데요."

해미는 아무래도 짚고 넘어가야 할 것 같아서 말했다.

여자가 살짝 당황하더니 뭘 촌스럽게 그런 걸 따지냐고 했다. 그러더니 여자도 자존심이 상했는지 말했다.

"언니 서른 아니에요? 더 어려요?"

해미는 어쩐지 그렇다고도 아니라고도 하지 못했다.

"스물아홉? 여덟? 그래도 나한테 언니 맞아요" 하며 진짜 친동생이라도 짓지 못할 친근한 미소를 보였다.

"그럼 스물일곱이에요?"

해미가 묻자 못 들은 체하며 딴소리를 했다.

"언니, 이거 뭔지 알아요? 이거 울면이라는 거래요. 울면이라는 메뉴가 있는데 먹어보고 싶은 거예요. 울면, 울면. 꼭 나를 위해 나온 것 같지 않아요? 울면이 뭐냐고 물으니까 우동 국물에 전분을 넣은 거라고 하더라구요. 뭐 따뜻한 국물도 좋겠다 싶어서 한번 시켜봤어요. 옛날에는 많이 먹었다는데, 언니는 먹어본 적 있어요?"

해미는 고개를 저었다.

여자는 국물을 먼저 떠서 먹었다. 이런 맛이네, 하며 고개를 끄덕였다.

여자는 면에 자장 소스도 부었다. 젓가락을 들고 힘있게 면을 휘젓는 여자의 얼굴에서 빛이 났다. 원하던 걸 얻기 직전에 발견할 수 있는 기쁨 같은 걸 느낄 수 있었다.

"울면만 시키면 서운할 것 같아서 자장면도 시켰는데 진짜 잘됐어요. 음식 남기는 거 찝찝해서 안 좋아하거든요."

여자는 우두커니 서 있는 해미에게 앉으라고 했다. 자신이 먹을 동안만이라도 앉아 있어달라고. 어느새 눈가에 눈물이 번져 있었다.

"예정일이 언제예요?"

해미는 식탁 의자에 앉으며 물었다.

"담달이요."

여자는 근심 어린 표정을 지었지만 면에서 눈길을 떼지는 않았다. 나무젓가락으로 차지게 비비는 소리가 해미에게는 불협화음을 내며 돌아가는 지창씨의 기계 소리만큼이나 거슬렸다. 여자는 면이 자장 소스와 골고루 섞이고 있는지, 제대로 섞이지 않은 부분이 있는지 지켜봤다. 그녀는 자장면을 작은 그릇에 덜고 나머지를 해미에게 밀어주었다. 울면은 자기 쪽에 놓았다. 불으면 맛이 없다며 빨리 먹으라고 재촉했다.

"저기, 언니. 유품정리 비용은 다 똑같이 받아요?"

여자가 울면 국물을 홀짝이며 물었다. 여자가 궁금한 것은 역시 비용이었다.

"위치부터 확인해야 해요. 사망 위치에 따라서 비용이 크게 좌우되거든요. 고인이 어디에 있었느냐에 따라 작업이 까다롭기도 하고 쉽게 끝나기도 하니까. 작업시간이 길어지면 인건비도 그만큼 커지는 거고."

"그래서 미리 와보고 견적을 뽑는 거예요? 어느 위치가 제일 싼 거예요?"

"이불이나 침대, 전기장판이면 그런대로 괜찮아요. 옷장 같은 경우엔 혈흔이 바닥으로 스며드니까 견적이 이십에서 오십 프로 올라가거든요."

"입맛이 없네."

여자는 해미의 말을 냉큼 자르며 말했다. 말과는 달리 그녀는 울면을 조금씩 계속 먹었다. 나중에는 그릇째 들고 국물을 마셨다. 수저를 내려놓은 뒤 보니 그릇이 깨끗했다. 이걸 누가 다 먹었지? 하는 얼굴로 해미를 빤히 봤다.

"근데 어떻게 한집에 살면서 열흘 동안이나 몰랐어요?"

크게 궁금하지는 않았다. 무심코 나온 말이었다. 여자는 일어나더니 모양이 다른 유리컵 두 개를 식탁에 놓았다. 물병을 가져와서 물이 넘치도록 가득 따랐다.

"갑자기 방문을 닫고 들어갔어요."

여자는 입가에 묻은 자장을 닦은 뒤 휴지를 꼬깃꼬깃 두 손으로 접기 시작했다.

"친구가 대신 알바 뛰다가 죽었거든. 하루 부탁을 했는데 그렇게 된 거예요. 산재도 안 된다고 하더라고. 문제는 그다음부터였어요. 저도 그렇게 될까봐 알바를 못 가겠다는 거야. 억지로 일하러 보내면 문밖에 쪼그려앉아 있고. 정말 일이 안 되려니까 다 엉망이 됐어."

여자는 혼잣말하듯 중얼거리며 휴지를 떼어내 식탁을 닦고 또 휴지를 돌돌 말아 떼어낸 다음 닦았다. 여자는 집을 나서는 해미에게 비닐에 싼 그릇들을 건넸다. 현관문을 잡고 서 있는 여자의 가슴팍에서 미키마우스가 입이 찢어지게 웃고 있었다.

사흘 뒤 작업을 해달라는 문자가 왔다. 오 분 뒤 통장에 수수료가 입금됐다. 작업이 마무리되기 전에 입금이 되는 경우는 흔한 건 아니지만 아예 없는 일도 아니었다.

입금자는 '싼티빌라 102호'.

입금된 금액은 백오십만원.

청구한 금액보다 많았다. 해미는 문자가 온 번호로 전화를 걸었다. 연결음만 들릴 뿐 전화를 받지 않았다. 문자를 해도 답이 없었다. 거래하는 은행에 전화를 걸었다. 돈이 잘못 송금이 됐다, 송금한 사람의 계좌번호를 알려달라고 했다. 처음에는 알았다고 하더니 곧 기다려보라고 했다. 중후한 목소리의 남자가 전화를 받았다. 은행에서는 알려주지 못하게 되어 있으니 송금한 사람과 직접 통화해서 계좌를 알아보라고 했다.

해미는 일을 해야 할지 말아야 할지 결정을 내리지 못했다. 고맙게도 대신 결정을 내려준 건 은행이었다. 불과 한 시간이 지나기도 전에 잔고가 0이 됐다. 잔고가 0이라는 건 더 긁어갈 게 남았다는 뜻이기도 했다. 정씨를 태운 포터가 싼티빌라를 향해 출발했다.

여자에게 비밀번호를 알려달라는 문자를 보냈다. 이번에는 답문이 신속하게 왔다. 해미는 심호흡을 한 뒤 현관문을 열었다. 정씨와 해미는 마스크부터 썼다. 주방에는 그릇들과 먹다 만 찌개가 담긴 냄비가 개수대 안에 처박혀 있었다. 가오나시*가 제대로 휩쓸고 지나갔다. 한쪽에 산처럼 쌓인 컵라면 용기, 납작하게 눌러서 담았는데도 한 포대

* 가오나시는 '얼굴이 없다'는 뜻으로, 애니메이션 〈센과 치히로의 행방불명〉에 나오는 캐릭터이다. 무엇이든 먹어치우고 그것을 토해내는데 '외로움'이라는 의미로도 해석된다.

는 되는 생수병, 깨지기 쉬운 묵직한 소주병 들. 예감이 좋지 않았다.

해미는 작업 전 사진을 몇 장 찍었다. 옷장을 해체하고 장판을 걷어냈다. 혈흔이 스며든 콘크리트에 약품을 뿌렸다. 포대 입구를 활짝 벌리고 이부자리, 베개, 방석을 넣고 옷가지를 다 쑤셔넣었다. 서랍 안쪽에 든 박스에 포장도 풀지 않은 아기 신발이 있었다. 아무 무늬도 없는 흰색 천에 흰 리본이 묶여 있었다. 정씨가 박스에서 신발을 꺼내서 손바닥 위에 올려놓았다. 신발이 정말 작았다. 어떤 감으로 만들었길래 이렇게 반들반들 윤이 날까, 해미는 물끄러미 바라봤다.

현금이나 통장, 도장이 보이지 않는 걸로 봐서 필요한 건 여자가 다 챙겨간 듯했다. 그래도 혹시 몰라 마지막 짐 속에서 발견한 휴대폰과 알이 없는 검은 뿔테안경과 아기 신발을 같은 종이박스에 넣었다.

유품정리가 끝나고 부피가 큰 가구와 가전제품을 처리했다. 냉장고는 가져가 분해할 생각으로 안에 든 내용물을 다 빼냈다. 제법 큰 덩어리가 검은 봉지에 싸여 냉동실 한 칸에 꽉 차게 들어가 있었다. 봉지와 내용물이 엉킨 상태로 얼어붙어 있는 걸 꺼내서 싱크대 위에 일단 올려놓고 빈 냉장고를 포터에 실었다.

싱크대 위에 올라선 고양이가 발톱으로 봉지를 헤집으며 냄새를 맡았다. 견적을 뽑으러 왔을 때는 보지 못한 얼룩무늬 고양이였다. 해미가 다가가자 고양이가 달아났다. 고양이가 헤집어놓은 봉지 속이 그녀 눈에 들어왔다. 얼핏 보기에 소뼈와 내장이 함께 뒤섞여 있는 모양이었다. 그녀는 군데군데 껴 있는 살얼음 사이에서 뭔가를 봤다. 그때 직감적으로 알았다. 아기 신발의 주인이 거기 있었다.

다음달이 산달이라고 했던 여자 말을 떠올렸다. 아기가 정해진 날

짜에 딱 맞춰 나오는 물건은 아니지만 해미는 그녀의 말이 맞기를 바라며 전화를 걸었다.

"내가 냉장고에서 뭐 하날 발견했는데 말이지……"

해미는 대뜸 말했다.

"돈 받았잖아요, 언니."

해미가 알던 여자가 아닌 것처럼 물에 푹 젖은 듯 다소곳한 목소리로 그녀는 말했다.

"깔끔하게 처리한다면서요. 걱정 말라면서요."

"그게 어떻게 그 말이니?"

해미의 목구멍에서 자신이 한 번도 들어본 적 없는 쉰 소리가 나왔다.

"너 설마 처음부터 작정한 거니? 당장 튀어와. 아님 신고할 테니까."

"언니가 원하시면 그렇게 하셔야죠. 별수 없잖아요. 내가 죄인인걸."

알아볼 만큼 다 알아봤다며 그녀는 여전히 높낮이 없는 톤으로 말했다. 어느새 해미의 머릿속에 들어와서 여자는 속삭이고 있었다. 귀찮게 서만 왔다갔다하게 될 텐데…… 일에 지장 받지 않겠어요? 이런 일 알려져서 영업에 좋을 것도 없고요. 서로 골치 아플 게 뭐 있어요, 안 그래요? 여자는 해미를 생각해준다는 투였다. 그래도 뭔가 부족하다고 생각했는지 약간의 흐느낌을 섞었다.

"입금한 돈은, 돈은 어디서 났는데?"

"누가 아는 한약방이 있는데 태반을 사준다고 해서…… 언니, 그러니까 사람이 죽으라는 법은 없나봐요. 그렇지 않아요? 그게 지 할 몫은 하고 갔잖아요, 안 그래요?"

해미가 통화종료 버튼을 누를 때까지 여자는 목소리를 높이지 않았다.

포터에 포대를 싣고 난 정씨가 다가왔을 때 해미는 일어섰다. 발밑의 꽁초를 주워서 주머니에 넣었다. 집안에 들어가 티셔츠에 싸인 검은 봉지와 아기 신발을 챙겨들고 재빨리 포터에 올랐다. 고양이가 해미 발밑으로 들어와 아기 우는 소리를 냈다. 고물상에 들러 기름통을 싣고 액셀을 힘껏 밟았다. 늘 그렇듯 포터는 깜짝 놀라 튕겨져나가듯 돌진했다. 학동공원 풀숲 양철 쓰레기통에 가져온 걸 다 넣었다. 통에 기름을 붓고 불을 붙였다. 불은 쉽게 붙었다. 예상보다 오래 타올랐다.

한쪽에서 두 남녀가 서로의 몸을 더듬고 있었다. 한창 달아오른 여자가 남자에게 달라붙어 있다시피 했다. 해미는 입고 있던 피 묻은 검정색 니트와 속옷을 벗어서 양철통 안에 던졌다. 후크를 풀어 오천원짜리 브라도 불속에 던져넣었다. 다 탈 때까지 아무 일도 일어나지 않았다. 여자의 목에 얼굴을 묻고 있던 남자가 힐끗 고개를 들었다. 해미의 가슴을 빤히 바라봤다. 해미가 노려보자 눈을 내리깔았다. 해미가 골목을 나올 때 오래전에 버려진 것 같은 몰골을 한 고양이가 국물이 새는 음식물 쓰레기봉투에 앞발을 뻗고 있었다.

해미는 집에 들러 옷을 입고 싼티빌라로 향했다. 소각할 나머지 물건들과 함께 정씨가 현관에 쪼그리고 앉아 그녀를 기다리고 있었다. 해미는 소독제, 소취제를 벽이 젖을 정도로 뿌려댔다. 벽과 바닥을 향해 살균기를 놓고 한참 돌린 뒤 공기정화제를 뿌리자 끝날 것 같지 않던 작업이 끝났다.

그날 밤, 해미는 지창씨를 태우고 가로등도 없는 이차선 도로를 달렸다. 브레이크 한 번 밟지 않고 달린 건 그날이 처음이었다. 가끔 정차된 차들만 보일 뿐 도로에 차들이 없었다. 논현로에서 학동공원을 지나 아파트 사이 골목으로 들어설 동안에도 차는 한 대도 보이지 않았다. 페달 밟기가 망설여지는 건 기분 탓일 거라고 생각했다. 출발할 때만 해도 어둑어둑하던 하늘이 완전히 캄캄해졌다.

"죽고 싶어 환장했냐? 왜 이렇게 빨리 달려?"

지창씨가 숨넘어갈 듯한 소리로 말했다.

"뭐 어때. 차들도 없잖아."

"뻔뻔하긴. 사람을 칠 뻔해놓고."

지창씨가 역정을 냈다. 주먹을 쥐고 부르르 떨기까지 했다.

"무슨 소리야? 사람이 어디 있었다고 그래?"

해미는 아파트 주차장에 포터를 세웠다. 지창씨는 웃음기 가신 얼굴로 팔을 크게 휘둘러 해미의 뒤통수를 쳤다.

"정신 차려, 이 자식아."

막혔던 귓구멍이 뚫린 듯 차들 소음이 들려왔다. 해미는 웃었다. 그래야만 될 것 같았다. 지창씨로부터 뒤통수 한 대를 더 맞았다. 비로소 분주히 걷는 행인들 모습이 시야에 들어왔다. 방금 전까지만 해도 주위에는 아무도 없었다. 대체 어디서들 튀어나온 건가? 해미는 자신이 제대로 미쳐가고 있구나 싶었다. 아무 탈 없이 멀쩡하다면 그게 더

이상한 일인지도 몰랐다. 그러나 우선순위는 그게 아니었다. 해미는 지창씨 가슴팍을 향해 들고 있던 차 키를 던졌다. 좋게 말로 해도 될 걸 왜 뒤통수는 후려치냐고 발을 동동 구르며 소리를 질렀다. 지창씨는 허리를 굽히고 해미가 내던진 차 키를 집어들었다.

등이 가려워요

늘 소란스럽던 고물상에 고요가 찾아들었다.

기계가 멈췄다.

기계가 멈추기 며칠 전 새벽같이 일어나 급하게 외출을 한 지창씨가 밤이 늦어서야 돌아왔다.

"오늘 내가 어디 다녀왔는지 아니?"

지창씨의 눈빛이 그 어느 날보다 빛났다. 지창씨는 술도 마시지 않은 멀쩡한 얼굴로 거실에 앉더니 해미에게도 와서 앉아보라고 했다.

"업체 몇 군데를 다녀왔다."

지창씨가 흡족한 미소를 지었다.

"어떤 업체?"

"이트륨을 사용해서 부품을 만드는 업체, 그러니까 우리 물건을 댈 업체지."

"우리 물건?"

"이트륨을 생산하게 되면 어차피 다 접촉할 텐데 가격 조정도 해야 할 거고, 업체 직원들도 미리미리 알아둬야지."

지창씨 얼굴에 생기가 넘쳤다.

"이번에는 잘돼가나보네?"

해미가 물었다.

"그게 아니고 간밤에 꿈을 꿨거든."

"꿈?"

"잠을 자는데 방안에 뭐가 꾸물꾸물하고 돌아다니는 거야."

"벌레였어?"

"아니. 훨씬 컸어. 처음에는 겁이 났거든. 하얀 싸개 같은 게 옆에 있길래 넓게 펼쳐서 꾸물꾸물하는 그걸 무작정 덮쳤어. 하얀 싸개 안에 든 게 품안에 들어오더라."

"뭐였는데? 돼지?"

"갓난아기."

해미는 얼어붙었다. 돼지도, 죽은 개도, 똥차도 아닌, 하필이면 갓난아기라니. 그녀가 불길한 예감을 떨쳐내려고 애를 쓰는 동안에도 지창씨는 쉬지 않고 말했다.

"생각해봐. 산고의 고통이라는 말이 있잖아. 이번엔 순수한 이트륨이 나올 거야."

지창씨는 들떠 있었다. 성공만 하면 언제 무슨 일이 터질지 모를 이 나라에서 불안을 안고 살 이유가 없다, 평화롭고 따뜻한 나라에서 인간답고 느긋하게 살 수 있다, 여유가 생기면 없는 사람도 돕고 장학재단도 만들고…… 산을 오르기도 전에 지창씨는 산 정상에 깃발 꽂을 준비를 했다.

"그런데 장학재단과 이민은 어울리지 않는 거 같아."

해미는 반박했다.

"그런가?"

지창씨가 웃었다. 해미도 따라 웃었다. 더 나빠질 게 없었다.

기계가 멈춰버렸을 때 지창씨는 걱정하지 않았다. 기계에 문제가 생겼다고 생각하지 않았다. 만약 그랬다면 기계가 자신에게 아무런 귀띔도 해주지 않을 리 없을 테니까.

지창씨는 전원 연결상태를 살펴봤다. 전원 연결선 다섯 개에 불이 다 들어왔다. 그런데도 기계 표면은 차가웠다. 전원 버튼을 on에서 off로 바꿨다 다시 on 위치로 옮겼다. 다행히 기계가 익숙한 소리를 내며 돌아가기 시작했다. 그러나 몇 시간도 지나지 않아 기계는 다시 멈췄다. 처음 들어보는 기괴한 소리를 내더니 아예 전원이 나가버렸다.

다시 한번 off에서 on으로 바꿨을 때 프레스와 연결된 부분 양쪽에서 퍽, 하는 소리가 났다. 퍽, 퍼벅, 퍽퍽 하는 소리가 리드미컬하게 튀어올랐다. 합선이 된 게 아닌가 살펴보고 밸브와 선로, 금속관을 다 점검했지만 이상이 없었다.

지창씨는 망연자실했다. 해미는 올 것이 왔다고 생각했다. 지창씨는 절망했다. 해미에게는 희망의 빛이 보였다. 지창씨의 허파에 든 바람이 이제야 빠지려나보다 했다. 기계를 분해해 중고로 따로따로 팔 수 있는지, 해체시키면 가격을 얼마나 받을 수 있는지 해미는 발 빠르게 알아봤다.

지창씨는 하루종일 기계에 붙어서 마모된 고무벨트와 머플러를 교체하고 금속관을 청소했다. 문제점을 발견할 때마다 지창씨는 혀를 찼다. 이러니, 이러니. 그러나 눈에 보이는 문제를 다 해결했는데도 기계는 돌아갈 생각을 하지 않았다. 더이상 불협화음을 내지도 않았고 백색 연기를 뿜어내지도 않았다.

몸이 단 지창씨는 전문가라는 사람들을 데려와 조언을 구했다. 공정과정을 전혀 이해하지 못하는 아둔한 인간들은 내부를 뜯어봐야 안다면서 무작정 달려들었다. 영리한 인간들은 아예 손도 대지 않고 돌아갔다. 지창씨는 자신이 알고 있는 거의 대부분의 사람들에게 도움을 청했다. 그러다 결국 정우성의 이름이 지창씨 입에서 튀어나왔다. 해미는 그 이름을 다시 듣게 되리라고는 생각지도 못했다. 족제비 같은 그의 얼굴을 다시 보게 되리라고는 꿈도 꾸지 않았다. 그래서 정우성이 고물상 마당에 발을 디뎠을 때 해미는 이번에도 멍청하게 보고만 있었다.

처음에는 정우성인지 확신이 서지 않았다. 바싹 말라 해골이 다 된 얼굴이었다. 머리카락도 듬성듬성해 머리통이 훤히 드러났다. 말발은 여전히 좋아서 지창씨와 자신의 인연은 정말이지 끊으려야 끊을 수 없는 관계라는 잡소리를 늘어놓았다. 지창씨 성화에 못 이겨 해미는 정우성이 먹고 싶다는 황도를 영동시장까지 가서 사왔다. 그는 복숭아 한 접시를 순식간에 해치웠다. 그의 말로는 지창씨가 매일같이 전화를 해서 자신을 괴롭혔다고 했다.

정우성은 과거 박사와 손잡고 이트륨 생산에 매진할 때 도움을 줬던 기계공 친구에게 연락을 했다. 기계공 친구는 얼마 전까지 기술 전수를 위해 인도의 제강공장에서 파견근무를 하다 국내로 들어온 지 얼마 되지 않았다. 국내 제철소의 한 공장의 책임자이기도 한 그에게 정우성은 사정했다. 하루만 시간을 내서 서울로 올라와 기계를 좀 봐 달라고 했다. 그는 바빠서 갈 수 없다고 했다. 그럼 너는 살인자가 되는 거라고 정우성은 협박했다. 무슨 소리냐고 기계공 친구가 물었고 정우성은 밤마다 전화를 해서 잠을 자지 못하게 자신을 괴롭히는 인간이 있다고 말했다.

"네가 오지 않으면 내가 죽게 생겼다."

기계공 친구는 하루 일과를 마치자마자 서울로 올라오는 KTX를 탔다. 새벽 두시가 돼서야 고물상에 도착했다. 지창씨는 불을 환하게 밝혀놓고 그를 기다렸다. 작고 날렵한 정우성과 달리 덩치가 좋고 머리가 허옇게 센 기계공 친구는 지창씨와 악수를 하고, 해미와도 악수를 했다.

이 친구가 못 고치면 아무도 고치지 못한다고 정우성은 말했다. 그의 말 때문인지 몰라도 표정에서 내공이 느껴졌다. 기계공 친구와 정우성과 지창씨는 머리를 맞대고 얼기설기 연결된 기계의 구조를 살폈다.

기계공은 눈을 반짝이면서 아주 기형적이고 괴상한 놈이라고 감탄했다. 그가 흥미를 보이자 지창씨는 희망을 품었다. 지창씨는 초기 설계도면과 분석 자료와 틈틈이 적어둔 메모를 보여주었다. 자료들을 대강 훑고 난 기계공은 자신이 이십 년간 배운 메커니즘으로는 도저히 생각해낼 수 없는 일이라며 흥분했다. 그냥 하는 말이 아닌지 들어설 때만 해도 피곤에 절어 있던 얼굴에서 빛이 났다. 지창씨도 기계공과 이야기를 하는 동안 눈을 반짝였다. 둘은 둘만 아는 세계에 빠져들었다. 정우성은 어느새 팔짱을 끼고 졸았다. 날이 밝을 때까지 이야기를 나누던 둘의 얼굴이 점점 심각해졌다. 결국 둘 다 입을 다물었다. 오후 두시가 지나서야 기계공 친구는 떠났다.

정우성이 힘없는 목소리로 복숭아가 남아 있냐고 물었다. 해미는 자신도 모르게 되물었다.

"어디 아프세요?"

술이 아니라 복숭아라니.

"대장암."

영배 할배와 같은 병이었다.

"그냥 머리숱이 줄어들지. 많이 먹으면 토하고, 하루에 백 번 정도. 쉰 번 토하면 쉰 번 남았네 하는 거지. 그래도 네 아버지를 만난 걸 보면 좋은 인생이야."

정우성은 낯짝 두껍게 웃었다.

해미는 정우성이 지창씨에게 손을 내밀기 전에 그에게 돈봉투를 건넸다. 정우성은 다 컸다며 해미의 머리를 쓰다듬으려고 했다. 해미는 재빨리 그의 손길을 피했다.

지창씨는 매일 밤샘을 했다. 끼니를 챙기는 것도 잊어버렸다. 기계공은 떠나기 직전 가장 고전적인 방법을 써보면 어떻겠냐고 충고했다. 문제를 발견할 수 없을 때 보통 쓰는 방법이라고 했다. 부품을 다 해체했다 조립한다. 단, 그럴 능력과 자신감이 있다면.

해미는 창고 안을 들여다보지 않았다. 사무실에 앉아 있으면서도 지창씨가 얼마나 전력을 다하고 있는지 느낄 수 있었다. 필요한 것은 기적이었다. 지창씨는 기적 가까이까지 달려가고 있었다. 해미가 하는 일은 시체에서 나오는 분비물과 냄새만 없애는 게 아니었다. 무너진 사람들의 잔해를 치우는 일이기도 했다. 지창씨는 무너질 것 같으면서 무너지지 않았다. 그를 그렇게까지 만드는 게 바람 때문이라면, 그것은 정말 무서운 바람이라는 생각이 들었다.

"지창씨, 재밌는 얘기 해줄까?"

목을 축이러 사무실에 들어선 지창씨에게 해미가 말했다.

"뭔데?"

며칠 밤을 새운 지창씨의 눈에 초점이 없었다. 어깨는 축 처져 있었다.

"어느 날 밤 공주가 잠에서 깬 거야."

"왜 밤중에 깨?"

"등이 너무 가려워서."

"등이?"

"시종이 아무리 긁어줘도 가려운 게 사라지지 않았대. 가려워서 미치겠다고, 도저히 잠을 잘 수가 없다고 왕한테 가서 하소연한 거야. 왕이 얼마나 안타까웠겠어?"

지창씨는 입을 벌리고 웃는 시늉을 했다.

"고민하던 왕은 공주의 등을 제대로 긁어주는 왕자가 나타나면 공주와 결혼을 시켜주겠다고 한 거야."

"등을 긁어달라고 모르는 남자한테 맨살을 들이댔단 말이야?"

해미는 못 들은 척하고 말을 이었다.

"왕자들은 성심성의껏 공주 등을 긁었는데 누구도 공주가 흡족할 정도로 긁어주지는 못했대. 모두들 괴물을 무찌르고 성에 갇힌 공주를 구해낼 수는 있어도 공주가 가려워하는 부위를 찾아 긁어주는 일은 할 수 없었던 거지."

"다 실패했겠네?"

"그럼 동화가 아니지. 진짜 멋진 왕자가 짠, 하고 나타나서 공주의 등을 제대로 긁어준 거야."

"어떻게 다른 사람이 못한 일을 해낸 건데?"

"그게 그렇잖아. 여기를 긁으면 저기가 가렵고, 저기를 긁으면 또 바로 옆이 가장 가려웠던 것 같고."

해미는 허공에 대고 손가락으로 긁는 시늉을 해 보였다.

"거기를 긁어주면 처음에 가려웠던 데가 더 가려워지고. 그러니까 왕자는 밤새 등 전체를 긁어준 거지. 등 전체를 긁는데 어떻게 가려운 데가 걸리지 않았겠어."

지창씨가 마침내 소리를 내서 웃었다.

"공주 등이 무슨 태평양이야? 왜 밤을 새워?"

한참 뒤 지창씨가 웃음기 가신 목소리로 말을 이었다.

"등 긁어줄 사람이 있는 게 좋겠지?"

"좋겠지."

"하군은 어때?"

지창씨가 힐끗 해미를 봤다. 해미는 고개를 가로저었다.

"걘 글렀어. 등을 제대로 긁을 줄 몰라."

그날 밤 파출소에서 전화가 걸려왔다. 새벽 세시가 조금 지난 시각이었다. 해미는 옷도 갈아입지 않은 채 집을 나와 택시를 잡아탔다. 해미를 태운 택시는 스크린골프장 건물 맞은편에 있는 1동 파출소로 향했다.

고개를 푹 숙이고 경찰관 앞에 앉아 있는 하군의 구부정한 등짝이 제일 먼저 눈에 들어왔다. 경찰관이 하군보다 해미를 먼저 발견하고 손을 흔들었다. 국수 할매 집에서 본 장경위였다. 해미는 안도의 한숨을 내쉬었다. 그녀를 한쪽 구석으로 데려간 장경위는 종이컵에 원두커피를 따라서 차가워진 그녀의 손에 쥐여줬다.

국수 할매 연고자를 찾아준 덕분에 장경위는 금일봉을 받았다. 가평에 있는 수목원까지 찾아간 장경위는 할매 사진을 근무자들에게 보여주었다. 한 남자의 눈시울이 붉어지는 걸 발견했다. 지역신문에 기사가 났는데 봤냐고 물었다. 해미는 못 봤지만 꼭 찾아보겠다고 했다. 장경위는 해미에게 일이 커지지 않게 잘 처리해줄 테니 걱정 말라고 큰소리를 쳤다.

사건의 발단은 옆집 종로귀금속으로부터 시작됐다. 낮부터 바람이 심상치 않았다. 태풍이 몰려오고 있었다. 다음날 새벽까지가 고비라고 했다. 일찍 문을 닫아야겠다고 생각하고 민머리 장과 하군은 매장 정리를 했다. 물청소도 생략했다.

"날씨도 지랄 같은데 술이나 한잔할까?"

종로귀금속이 쇼케이스 너머로 고개를 내밀었다.

"내가 살게."

"가게는 위장이고 뭔가 다른 불법거래를 하세요?"

민머리 장이 진지하게 물었다.

"그런 게 있으면 소개 좀 시켜줘."

"그럼 술 마실 돈은 어디서 나셨어요?"

하군이 물었다.

"얼마 전에 집을 팔았더니 돈이 좀 있네."

그들의 이웃은 유쾌하게 웃었다.

그렇게 해서 이웃이 된 지 두 달 반 만에 하군과 민머리 장은 종로 귀금속과 술자리를 하게 됐다. 태풍 때문인지 주위 상점들은 이미 문을 닫았다. 다이소 불빛만 환했다. 천막을 치고 먹자골목 입구에서 대기하고 있던 대리기사 두 명이 휴대폰을 든 채 쪼그려앉아 있었다. 하군은 바닥에 떨어진 클럽 전단지를 꾹꾹 밟았다. 이게 다 돈이면 얼마나 좋겠냐는 말을 무심코 했다. 또 빵에 가고 싶냐고 민머리 장이 묻자 입을 다물었다. 그들은 불빛을 향해 걸음을 옮겼다. 문을 열고 들어가 자리를 잡고 보니 추어탕집이었다.

테이블에는 행주로 닦아낸 자국이 선명했다. 그 위로 쌓인 먼지를 민머리 장이 젖은 티슈로 닦았다. 하군은 서빙하는 소문난추어탕 사장 얼굴을 유심히 봤다.

"혹시 큰길가 쪽에 있지 않았어요?"

"있었죠."

소문난추어탕은 별로 대꾸하고 싶지 않다는 얼굴로 대꾸했다.

"길가에 있을 땐 북적북적했던 거 같은데."

하군이 눈치 없이 말했다.

옮겨온 가게는 확실히 좁고 썰렁했다. 어두운 벽지 색깔 때문인지 칙칙한 느낌이었다. 왜 자리를 옮겨왔냐고 하군이 물으나 마나 한 걸 물었다.

"너무 복잡해서요."

"사장님은 복잡한 걸 싫어하시는군요."

하군이 웃음을 터뜨렸다.

"네, 오붓하게 단골들이 출입하는 게 더 좋죠. 실속 있잖아요."

"길가 쪽에 풍선인형 하나만 놔도 찾아오기 더 좋을 텐데요."

민머리 장이 가만히 있다 한마디 했다.

"그거 좋겠네."

"복잡한 게 싫으시다면서요?"

종로귀금속의 물음에 소문난추어탕이 씩 웃으며 대꾸했다.

"썰렁한 것보다야 낫죠."

종로귀금속은 빈속에 술을 퍼붓기 시작하더니 한 시간도 지나지 않아 취했다. 종로귀금속은 했던 소리를 또 하고 했던 소릴 또 했다. 있는 욕심은 다 가지고 태어난 인간들이 부자가 되는 것 같다고 했다. 종로귀금속이 사는 세상은 가만히 앉아서 수천억 챙겨가는 개새끼들로 어지러웠다. 물론 민머리 장과 하군은 말만 들었지 본 적도 없는 세상이었다. 아무런 욕심 없는 인간도 예외 없이 종로귀금속에게 욕을 먹었다.

"쥐뿔도 없으면서 매끼 외식에 뭐만 새로 나오면 줄 서서 다 사고, 택배 오면 좋다고 인증사진 찍고. 그래놓고 힘들어죽겠다는 말을 입에 달고 살잖아."

주문한 소주 두 병을 종로귀금속이 혼자 다 마셨다. 열이 오르는지 울긋불긋해진 얼굴을 긁기 시작했다.

하군과 민머리 장은 추어탕 국물을 번갈아 한 숟가락씩 떴다. 추어탕은 적당히 걸쭉하면서 익숙한 맛이었다.

"전엔 뭘 하셨어요?"

추어탕 국물을 홀짝거리며 하군이 무심코 물었다. 쓸데없는 걸 물었나 싶어 종로귀금속의 기색을 살폈다. 괜한 걱정이었다. 이웃의 눈이 반짝반짝 빛났다.

"세무서에서 이십삼 년 일을 했지."

하군이 감탄했다.

"왜 그만두신 거예요?"

"병든 노모도 책임져야 하고 아이들은 커가고, 직장만 다녀서는 노후까지 준비하기 어렵겠다 싶어서."

"그럼 더 자리를 지켰어야죠."

민머리 장이 끼어들었다.

"누군 자리를 지키고 싶지 않았겠어."

그는 퇴사를 하게 된 진짜 이유를 실토했다.

"하루는 덩치가 산만한 인간이 와서 세무서를 뒤집어놓은 거야. 실수로 세금이 잘못 정산돼서 나간 일이 있었거든. 하필 그때 업무책임자가 나였던 거고. 사과를 했는데도 이 새끼가 끝내 지랄을 하더라고. 건물 한 채도 아니고 쪼그만 상가 하나 가지고 있으면서 몇백억대 자산가 흉내를 내잖아. 기도 안 차는 거라. 고지서를 그대로 믿고 세금을 냈으면 어쩔 뻔했냐면서 나보고 손해배상을 하라는데 그게 말이 되냐고. 말을 안 들어주니까 분이 안 풀렸는지 있는 놈들 뒤봐주느라고 정신 팔려서 그런 실수도 저지르는 거 아니냐고, 고의로 그런 거 아니냐고, 양아치만도 못한 새끼들이라고, 온갖 사이트며 블로그에 글을 올리고 물고 늘어지는 거야. 살다 살다 내 별 미친 인간을 다 봤다니까."

"그래서 어떡하셨어요?"

"그만뒀지, 뭐."

그는 콩나물무침을 입안에 넣고 턱뼈가 으스러지는 게 아닐까 싶을 정도로 열심히 씹었다.

"왜 하필 귀금속가게 할 생각을 한 거예요?"

하군이 참았던 질문을 했다.

"시계가 말이야"라며 그가 활짝 웃었다.

"째깍째깍 소리만 들어도 내가 환장을 해요. 이천년대 초반만 해도 시계가 그리 고가는 아니었어. 롤렉스 서브마리너가 오백이 조금 안 됐지. 뭐, 잘나갈 때는 천만원짜리 시계도 척척 선물로 들어왔으니까."

"그 정도면 선물이 아니라 뇌물 수준인데요."

민머리 장이 말했다. 종로귀금속은 잠시 입을 다물었다. 한쪽 다리를 의자에 올려놓고 벅벅 긁으며 말했다.

"근데 정육점은 이제 자리를 잡았나봐? 장사가 좀 되는 것 같던데?"

"아직 멀었죠, 뭐."

민머리 장이 여유 있는 웃음을 지었다.

"정육도 프랜차이즈가 있던데?"

"처음엔 편하게 프랜차이즈로 할까 하는 생각도 하다가……"

"왜 안 했어? 하지 그랬어."

종로귀금속이 둘을 바라보더니 원망스럽게 말했다.

"몇억 날리는 거 순식간이던데."

상가 사람들이 이웃을 보는 시선은 딱 두 가지였다. 부러워서 배 아파하거나 아니면 고소해하거나.

민머리 장과 하군은 서로 눈빛을 주고받았다. 슬슬 일어날 때가 된 것이다. 그만 일어나자고 했지만 이미 취할 대로 취한 종로귀금속의 귀에 들릴 리 없었다. 술을 한 병 더 주문하겠다는 종로귀금속을 하군이 말렸다.

종로귀금속이 카운터에서 졸고 있던 소문난추어탕에게 말을 걸었다. 장사가 잘되냐, 매출은 어떻게 되냐, 이렇게 안쪽으로 들어와서 장사가 되겠냐, 꼬치꼬치 물었다. 가게 안에는 그들밖에 없었고, 소문난추어탕도 말이 없는 사람은 아니었다.

그는 전국을 돌며 소문난 음식점은 다 가봤다고 했다. 어떻게 갖은 고생을 하며 주방장에게서 비법을 배웠는지에 관해 길게 늘어놓았다. 그는 목이 좋은 곳은 뜨내기가 많기 때문에 쓰레기 같은 재료로 싸게 후려 파는 곳이 너무 많다고 통탄했다. 하군은 당장이라도 자리를 뜨고 싶었지만 화장실에 다녀온다며 나간 민머리 장이 오지 않고 있었다.

"수익을 내려면 결국 손댈 곳은 재룟값뿐인데. 쓰레기로는 음식 못 만들겠고 세금은 높고."

소문난추어탕은 음식점은 절대, 절대 하지 말라고 신신당부를 했다.

"폐업 번호표를 받고 대기한다고 보면 되는 거지."

소문난추어탕의 말에 갑자기 종로귀금속이 웃음을 터뜨렸다.

"웃기시네. 누가 이런 허접한 식당 욕심낼 줄 알고? 전국을 돌며 배워요? 뻥도 어지간해야지. 듣도 보도 못한 중국산 냉동 미꾸라지 싸게 납품 받아와서 끓이기만 하는 거잖아. 먹어보면 모르나? 장사 한두 번 합니까?"

종로귀금속의 목소리가 쩌렁쩌렁 울렸다. 그의 험악한 인상에 소문난추어탕은 찍소리 못하고 하군에게 시비를 걸었다. 왜 저 사람을 말리지 않냐고 역정을 냈다. 참고 듣고만 있던 하군이 벌떡 일어섰다. 소문난추어탕이 하군의 멱살을 먼저 잡았다. 하군도 가만있지만은 않았다.

"시발, 틀린 말도 아니잖아요."

하군은 소문난추어탕이 미는 바람에 한쪽 구석으로 나가떨어졌다. 파출소에서 소문난추어탕은 하군이 중심을 못 잡고 저 혼자 쓰러진 거라고 주장했다. 벌떡 일어난 하군은 불끈 주먹을 쥐었다. 해미가 도착했을 때 소문난추어탕의 얼굴은 잔뜩 부어 있었다. 민머리 장은 끝내 연락이 되지 않았고 종로귀금속은 어디로 갔는지 보이지 않았다.

장경위는 경미한 사건이고 저쪽이 반성하니까 좋게 합의하고 끝내라고 소문난추어탕을 구슬렸다. 해미와 하군은 대기용 의자에 앉아 장경위와 소문난추어탕이 말하는 걸 지켜봤다. 소문난추어탕은 피해자는 난데, 왜 나만 참아야 하냐며 주먹으로 제 가슴을 쳤다. 그는 억울해서 미치기 일보 직전이라는 얼굴이었다. 그 와중에 하군은 해미에게 장경위와 어떻게 아는 사이인지 물고 늘어졌다.

"그날 일할 때 너도 봤잖아."

해미가 말했다.

"무슨 소리야? 그날 처음 봤다고? 저 자식 눈빛이 달라지던데."

하군은 팔꿈치로 해미의 팔을 밀었다. 분명 감정이 섞인 행동이었다. 해미는 그에게 밀리지 않으려고 버티며 신경질적으로 말했다.

"헛소리 좀 작작 해."

헛소리는 소문난추어탕이 하고 있었다. 절대 고소를 취하하지 않겠다고 그는 버텼다. 취하를 하더라도 보상을 제대로 받아야겠다고 했다. 정신적인 피해는 물론 장사도 며칠 할 수 없게 됐다, 합의금으로 적어도 삼백은 받아야겠다, 아니면 고소 취하는 못한다.

해미는 벌떡 일어서서 밖으로 나왔다. 계속 듣다보면 욕을 퍼붓게 될 것 같았다. 아니면 한 대 치거나.

파출소 앞 가로등에 불이 들어와 있었다. 해미는 가로등 불빛을 피해 담장에 등을 기댔다. 발밑에 꽁초가 쌓여갔다. 해미가 다시 파출소에 들어섰을 때 소문난추어탕은 여전히 소리를 질러댔다.

"술 마시고 폭력을 휘두른 건 저 인간이야. 왜 자꾸 합의만 하래?"

턱뼈가 부러졌다고 진단서를 끊으니 마니 했다.

"이 아저씨가 말귀 되게 못 알아듣네."

장경위는 여전히 진땀을 빼고 있었다.

"사장님, 고소하세요."

해미가 성큼성큼 다가가 말했다. 넌 또 뭐냐는 얼굴로 소문난추어탕이 해미를 올려다봤다. 해미 입에서 몇 마디 욕이 튀어나왔다. 마음을 가라앉히고 해미는 장경위를 바라봤다.

"경위님, 왜 자꾸 사장님한테 참으라고 해요? 저도 억울하게 죽은 인간들 많이 봤거든요. 억울한 거 담고 있으면 병 돼요. 그러다 꼬꾸라지는 거거든. 근데 사장님, 하군이 사장님 억울하게 한 거 맞죠? 억울한 건 억울하게 한 사람한테 가서 풀어야 또 억울한 사람이 안 생기는 거잖아요."

장경위와 소문난추어탕이 해미를 빤히 봤다.

"이쪽도 입술 찢어졌는데. 하군도 억울한 게 있으면 안 되잖아요. 사장님도 같은 억울한 사람으로 그건 동의하시는 거죠? 병원에 가서 진단서 받아올 테니까 사장님도 가서 진단서 받으세요. 한 시간 후에 여기서 봅시다."

해미 말에 소문난추어탕은 기가 막히다는 얼굴이었다. 좀 말려보라는 듯 장경위를 봤다.

"그렇게 하세요."

장경위가 말했다.

"다들 억울한 건 풀고 살아야죠."

소문난추어탕은 태도를 바꾸고 합의 진술서를 달라고 했다. 진술서 앞장을 서둘러 읽어내려갔다. 뒤에 붙은 몇 장의 진술서를 하군이 읽어야 할 차례였다. 하군이 보이지 않아 해미가 대신 읽었다. 본인 지장을 찍어야 한다기에 해미는 다급히 하군을 찾아나섰다. 남자 화장실을 기웃거리다 건물 주변을 뒤졌다. 빌라단지를 지나 학동공원까지 갔다. 하군의 모습이 보이지 않았다. 전화도 받지 않았다. 공원 벤치에 박스를 껴안고 잠든 덩치 큰 남자의 얼굴을 한참 들여다봤다. 혹시 몰라 가까운 편의점에 들어가 하군의 인상착의를 말하고 보지 못했는지 묻기도 했다. 골프연습장 일대도 돌았다. 한 달 전 실패했어요가 살던 원룸 건물 앞에 이르렀다. 전화가 왔다.

"그냥 오세요."

장경위였다.

어느새 한 시간이 지나가 있었다. 해미는 텅 빈 골목을 돌아나오면서 인정하지 않을 수 없었다.

'가버렸구나.'

이번에도 하군은 가위를 냈다. 질 게 뻔한 가위를 또 낸 것이다. 장경위는 전과 기록 때문일 거라고 했다. 종종 지레 겁을 먹고 당장은 도망을 쳐도 정신을 차리면 돌아오지 않겠냐고 했다. 뒷마무리는 자신이 알아서 할 테니 걱정 말라며 장경위가 해미를 배웅해주었다.

해미는 대로변으로 나왔다. 덩치 큰 소파와 테이블 위로 불빛이 쏟아지는 수입가구 매장을 지나 건널목 앞에 섰다. 이번에는 무단횡단을 하지 않았다. 그러기에는 차들이 너무 많았다. 부지런히 걸으면 아파트까지 십 분이면 갈 수 있었다. 횡단보도를 건고 있는 건 해미 혼자뿐이었다. 신호 대기중인 차들, 환영처럼 나타났다 사라지는 사람들, 유령들처럼 그녀를 스쳐지나가는 사람들의 말과 웃음소리. 해미는 쓸데없이 높은 빌딩과 쓸데없이 넓은 도로와 불필요하게 많은 창문과 불빛을 지나 집으로 돌아왔다.

현관에 들어서자 비가 쏟아지기 시작했다. 타닥타닥 기름이 끓듯 소리가 이어지다 샤워기에서 물이 뿜어지는 소리가 났다. 곧 살수차가 물을 들이붓듯 비가 쏟아졌다. 늘 그래왔던 것처럼 골목에 주차되어 있던 동네 차들이 떠내려갔다. 담장이 무너지고 하수가 역류해 지하철역 일부 구간이 거대한 수로로 변했다. 해미가 잠에서 깼을 때 세상에 존재하는 건 빗소리뿐이었다. 우면산 터널 앞은 통행이 차단됐다. 산사태였다. 부러진 나무도 있고 뿌리가 뽑힌 나무도 있지만 살아남은 나무도 있었다.

빨간불에 멈춤

문을 닫은 종로귀금속 간판 아래 '진짜로 망했습니다'라고 큼지막하게 쓴 플래카드를 보란듯이 걸고 이불집이 장사를 시작했다.

그놈의 이불공장은 어떻게 매일같이 부도나고, 불나고, 폭삭폭삭 잘도 망하는지 모르겠다고 해미는 혼자 중얼거리며 다이소를 돌아 들어갔다. 정육점은 불을 환하게 밝히고 있었다. 그녀는 정육점 문을 열고 안으로 들어섰다. 빗물이라고 해야 할지 땀이라고 해야 할지 모를 것이 그녀의 이마에서 눈썹 위로 미끄러져내렸다.

"비가 와?"

민머리 장이 놀라 물었다. 굳이 대답할 필요가 없었다. 엄청나게 요란한 소리를 내며 비가 퍼붓기 시작했다. 민머리 장은 서둘러 개업 축하 화분을 가게 안으로 들여놓았다. 해미는 손님용으로 놔둔 기다란 나무의자에 앉아 그 모습을 지켜봤다. 밖은 금방 캄캄해졌다. 민머리 장은 카운터 아래에서 새 수건을 꺼내 해미에게 건넸다. 해미는 수건을 받아 대강 얼굴을 닦았다. 그녀가 닦고 난 수건으로 민머리 장이 이마와 목을 닦았다.

"수건 더 없냐?"

해미가 인상을 썼다.

"빨랫감 늘잖아."

해미는 하군이 말했던 치약 얘기를 떠올렸다. 왜 아직 문을 닫지 않았냐고 묻자 민머리 장은 대답 없이 밀칼을 들었다. 도마를 깎아내듯 밀칼로 한번 죽 밀었다 당겼다. 그는 세제를 푼 개수대에 돼지고기 칼과 소고기 칼, 쟁반과 스틱을 담갔다. 하군은 사흘째 나타나지 않고 있었다.

초록색 장바구니를 든 삼십대 초반의 여자가 우산을 털며 들어섰다. 쇼케이스 안을 들여다보며 표정이 골똘해졌다. 가격을 확인하더니 왜 이렇게 비싸냐고 물었다.

"마트의 쓰레기 같은 고기들과 달라요."

민머리 장은 딱 잘라 말했다. 여자는 고기 상태가 마음에 드는지 별말이 없었다. 쇼케이스 앞에서 또다시 표류하던 여자의 시선이 한쪽 구석에 가서 박혔다. 쇼케이스를 손으로 가리키며 홍두깨살을 달라고 했다.

민머리 장은 무슨 요리를 할 거냐고 물었다. 여자는 한참 뜸을 들이다 너비아니를 할 거라고 했다.

"안심이나 등심이 나을 텐데요."

여자는 기름기 있는 부위는 별로라고 했다.

그럼 앞다릿살이나 꾸릿살이 좋을 것 같다고 그가 말했다. 여자는 어디 붙어 있는지 모른다고 했다. 낙엽살 부근이라고 민머리 장이 대꾸했다. 그게 어디에 있는 부위냐고 여자가 다시 물었다.

"손님, 요리하면 맛이 좋을 부위로 드리려는 겁니다."

민머리 장이 삐딱하게 말을 이었다.

"총 맞지 않은 이상 안 좋은 부위를 속여서 팔지는 않아요."

여자는 민머리 장의 기에 눌린 듯 말없이 고개를 끄덕였다. 계산을 하고 민머리 장이 썰어주는 고기를 챙겨들고 갔다.

민머리 장은 스프레이 용기에 든 알코올을 도마 위로 칙칙, 소리나게 뿌린 뒤 행주로 닦아냈다.

하군은 몸만 사라진 게 아니었다. 재료비와 월세 낼 돈을 넣은 통장도 가지고 사라졌다. 다행히 비상시에 쓰려고 남겨놓은 대출금은 손대지 않았다.

민머리 장은 칼들을 씻어 도마 위에 나란히 놓고 눈으로 칼날을 훑었다. 숫돌을 꺼내서 바닥에 놓고 칼을 갈았다. 그는 팔에 달라붙은 근육을 이용해 거친 돌 위에서 빠른 속도로 칼을 갈다 고운 돌로 옮겨탔다. 칼이 숫돌에 갈리는 소리를 새겨들으려는 듯 속도를 줄여 신중하게 갈았다. 손가락 끝이 활처럼 휘어 있었다. 온 신경이 손가락 끝에 가 있다는 걸 알 수 있었다.

"칼 가는 것도 기술이 필요하네."

해미가 그의 눈치를 보며 말했다.

"늘 잘 갈아놓아야 해. 칼 자체의 힘이 칼날 끝으로 모아지면서 수천 배로 증폭되거든. 칼이 고기를 쉽게 자를 수 있는 거지. 그러니까 칼날이 늘 같은 모습을 유지하고 있는 게 중요해. 뭐 무쇠칼 같은 건 자체 무게가 있으니까 각도가 조금 둔해도 괜찮지만 상대적으로 가벼운 회칼은 날을 더 세워야 해."

"그럼 더 자주 칼을 갈게 되겠네?"

"칼날이 무뎌지는 게 날끝이 누워버려서 그렇거든. 그러니까 칼을 간다는 건 누워버린 칼날을 똑바로 세우는 일인 거지."

민머리 장은 칼이 갈리며 날끝에 달린 가느다란 실뭉치를 떼어내며 말했다.

"이게 와이어라는 건데 칼날의 방향을 결정하게 돼. 옛날 이발소에서 면도날을 가죽벨트에 문지르잖아. 이 실 같은 칼날 끝을 떼어내는 거야."

"누웠는지 아닌지 어떻게 알아?"

민머리 장은 동작을 멈추고 해미의 손목을 잡았다. 자신에게로 끌어당기더니 그녀의 엄지를 칼날에 가져다 댔다. 해미가 손을 빼려 한 순간 그가 힘을 꽉 줬다. 민머리 장은 천천히 그녀의 엄지를 잡아 내렸다.

"끝이 걸린다 싶으면 날이 누운 거야."

해미의 엄지가 그대로 미끄러져내려갔다. 손가락이 멀쩡한데도 베인 것 같은 느낌이 들었다. 그때까지도 민머리 장은 해미의 손을 놓지 않았다. 해미는 다른 한 손으로 그의 손을 떼어냈다.

"하군이 너한테도 아무 말 안 했어?"

민머리 장이 허리를 펴고 일어섰다.

"인간이 워낙 즉흥적이라서. 알잖아?"

그는 피 묻은 면장갑을 벗어던졌다. 문 앞에 선 민머리 장이 옆에 있던 우산을 들었다. 은행 로고가 찍혀 있는 검은색 접이우산이었다. 해미는 자신도 모르게 뒤로 물러섰다. 그는 우산을 묶고 있던 띠를 풀고 한번 흔들었다. 한 손으로 손잡이를 잡고 다른 한 손으로 슬라이더를 힘껏 밀어올렸다. 슬라이더를 끝까지 밀어 고리에 고정시키자 중심이 높고 팽팽해졌다. 민머리 장이 해미에게 우산을 건넸다. 해미는 우산을 받아쥐었다. 여러 방향으로 난 가느다란 살들이 우아한 모습을 한 채 펴져 있었다. 빗방울이 그 위로 미끄러지듯 흘러내렸다.

사흘 뒤 해미는 민머리 장의 호출을 받았다. 해 질 무렵 정육점엘 갔다. 민머리 장은 작업대 바닥에 쪼그려앉아 칼을 갈고 있었다.

갈고닦는다, 라는 말은 그를 보고 생겨난 말이 아닐까 싶을 정도로 민머리 장은 열심히 칼을 갈았다.

돼지고기 칼과 소고기 칼, 기름을 떼어내는 데 쓰는 가늘고 긴 칼까지 무섭도록 새하얗게 빛이 났다. 그럴 수밖에 없었다. 하군이 사라진 뒤 그는 충분히 갈아놓은 칼을 갈고 또 갈았다.

"날이 제대로 서 있지?"

민머리 장이 만족한 얼굴로 칼을 들어 보였다. 며칠 전 이천의 돼지 농장에서 구제역이 발생했다. 뉴스를 듣자마자 해미는 심장이 덜컥 내려앉았다. 엎친 데 덮친 격이었다.

'완전 망했구나.'

이천 지역에서 돼지의 이동이 금지됐고 방역대가 설치됐다. 괴산의 한 농장주가 돼지의 콧등에 허옇게 수포가 올라온 걸 발견했다고 했다. 기가 막힌 타이밍이 아닐 수 없었다. 하군이 어디에 있는지 모르지만 제발 지금은 나타나지 말라고 하고 싶은 심정이었다.

"이제 어떡할 거야?"

해미가 민머리 장에게 물었다.

"너무 스트레스 받지 않으려고 노력중이야. 내가 걱정한다고 무슨 수가 생기는 것도 아니니까."

말은 그렇게 했지만 표정은 전혀 그렇지 않았다. 그는 다 간 칼을 개수대로 가져갔다. 흐르는 물에 칼을 가져다 댔다. 칼을 씻고 난 민머리 장은 면장갑을 벗었다.

"나하고 어딜 좀 가자."

"어딜?"

해미는 따라나서지 않을 핑곗거리가 뭐가 있을까 궁리했다. 어렵겠지만 필사적으로 머리를 굴리면 둘러댈 말이 있을 거라고 생각했다. 그러나 해미가 머리를 굴리는 것보다 민머리 장의 행동이 더 빨랐다. 그는 포터 운전대를 잡았다. 퇴근시간 도로는 차들로 꽉 차 있었다. 해미가 깜빡 잠이 들었다 깼을 때 하필 구제역에 관한 뉴스를 전하는 아나운서 목소리가 들려왔다.

"또 어디 다른 데가 뚫렸대?"

잠에서 깬 해미가 물었다.

"보은, 옥천, 영동."

"멈춰지겠지?"

"적성까지 올라오면 언론도 잠잠하지만은 않겠지. 그럼 고기 먹을 엄두가 나겠어? 기분 잡치는 거지."

구룡사 앞 자그마한 주택 앞에 포터가 섰다. 단독주택과 빌라가 밀

집한 곳이었다. 벨을 눌러야 하나 어째야 하나 망설이는데 현관문이 열렸다. 나이든 여자가 마당으로 나왔다. 무릎 아래까지 오는 펑퍼짐한 원피스를 입고 한 손에 사기그릇을 들고 있었다. 불 위에 찌개 냄비라도 올려놓고 나왔는지 걸음이 분주했다. 그녀가 그들을 발견하고 멈춰 섰다. 그녀와 거리가 가장 가깝다고 생각되는 지점에서 민머리 장이 멈춰 섰다. 해미도 뒤따라 멈췄다.

그녀는 노골적으로 둘의 행색을 훑었다.

민머리 장이 하군 어머니가 아니시냐고 물었다. 그녀는 그 자식이 누굴 죽이기라도 했냐고 되물었다. 그건 아니라고 하자 그럼 볼일 없다면서 장 뚜껑을 열어보지도 않고 집안으로 사라졌다. 거실 불이 꺼졌다. 안방과 작은방 불들까지 시간차를 두고 꺼졌다. 해미와 민머리 장은 한동안 담장 앞에 서 있었다. 대문 앞 살구나무가 가지와 잎을 흔들어댔다. 담벼락에 비친 나무 그림자가 함께 흔들리자 개가 골목이 떠나가라 짖어댔다. 한번 물면 사지 하나가 절단날 때까지 놓지 않겠다는 각오가 느껴졌다.

한 시간이 지났을 때 현관문 센서등이 켜졌다. 현관문 뒤에 그림자가 어른거리다 사라졌다. 몇 분 뒤 어두운 골목 안으로 헤드라이트 불빛과 함께 차 한 대가 섰다. 차에서 누군가 내리는 게 보였다. 해미는 재빨리 몸을 틀었지만 민머리 장은 아니었다. 보이지 않는 주먹이 그의 얼굴을 야무지게 가격했다. 머리가 바닥에 닿기 직전 상대가 민머리 장의 멱살을 잡아올렸다. 그러나 상대는 민머리 장의 무게를 감당하지 못하고 휘청했다. 헤드라이트 불빛에 깡마른 백발 남자의 모습이 드러났다.

“그놈이 또 무슨 일을 저질렀는지 몰라도 이래봐야 소용없어. 우리도 소식 끊고 산 지 몇 년 됐으니까.”

상대는 바닥에 철퍼덕 주저앉았다.

“혹시 하군 아버님이세요?”

“아니. 그 사람은 내 마누라의 전남편.”

그러니까 자신의 아내는 어쩌다보니 서류상으로 잠깐 하군과 하군의 아버지에게 묶여 있었을 뿐이라고 했다. 그러나 잠깐이라고 하기에 십오 년은 긴 시간이었다.

“그럼 하군 아버지는 지금 어딨는데요?”

“요양원.”

위태롭다, 쓰러진다, 쓰러졌다. 매일 그런 뉴스들뿐이던 시절이 있었다. 하군 아버지의 사업체도 그때 도산했다. 무디스, 모건 스탠리와 같은 단어가 아이들 입에 거침없이 오르내렸다. 부도, 폭락, 붕괴, 외채, 구조조정이라는 말이 익숙했다. 그때는 모두가 바닷가 모래 위에 서 있었다. 발밑에서 모래알이 빠지면서 언제든, 누구든, 물속에 잠겨 사라질 수 있다는 걸 온몸으로 실감하던 때였다.

해미와 민머리 장이 요양원을 찾아갔을 때는 원생들이 강당에 모여 있었다. 교회에서 방문한 목사를 따라 기도도 하고 찬송가도 불렀다. 하군 아버지를 찾는 건 어렵지 않았다. 외까풀 눈과 짙은 눈썹이 하군과 똑같았다. 그의 아버지도 아들의 얼굴을 보지 않은 지 십 년이 넘었다고 했다. 얼마 전 불쑥 전화를 걸어왔다고 했다. 그러고는 밀려 있던 요양원의 입소비 몇 달 치를 송금했다고 했다.

천안의 요양원까지 달려갔다 온 1톤 포터는 다섯 시간 만에 눈에 익은 골목으로 들어섰다. 민머리 장은 불빛이 하나도 없는 어두운 골목에 포터를 세웠다. 그는 비상등을 껐다. 뒤편엔 자동차 영업소가 있었다. 밤공기가 쌀쌀한데도 옷을 입은 건지 벗은 건지 모를 상태인 여자를 옆구리에 낀 남자들이 골목을 지나갔다.

세번째 커플이 좁은 골목에서 나와 대로변으로 향했다. 민머리 장과 해미의 시선이 자연스럽게 여자에게로 향했다. 전체 관람가가 아니면 영화관에서 받아주지 않을 앳된 얼굴이 해미의 눈앞에 그려졌다. 개나리공원 안쪽 빌라촌 일대에 소위 선수촌이라 불리는, 업소에 나가는 여자들 숙소가 있었다. 해미는 입이 찢어져라 웃던 미키마우스를 떠올렸다. 미키마우스 여자가 살던 싼티빌라도 그 언저리에 있었다.

"하군이 가져간 돈이 대체 얼마나 되는 거야?"

해미는 세번째 커플이 멀어지는 걸 보면서 진작 물었어야 할 것을 물었다.

"오백? 아니면 천? 천오백?"

"백칠십."

민머리 장이 말했다.

"고작 그 돈 때문에 나를 끌고 다니면서 이 난리를 쳤던 거야?"

해미는 기가 막혔다.

"통장에 든 돈이 문제가 아니야."

민머리 장이 팔짱을 풀며 양손을 핸들 위에 걸쳤다.

"그럼 뭐가 문젠데?"

"빚이 문제지."

민머리 장이 해미를 빤히 바라봤다. 해미는 그제야 이해를 했다. 그가 왜 기술도 없고 돈도 없는 하군과 동업을 했는지.

"이익이 나면 배분은 너 유리하게 하고, 빚을 지면 똑같이 나누고?"

"누가 빚을 지게 될 줄 알고 시작했겠어? 다 잘될 줄 알았지."

"하군을 보험 삼아 끌어들인 건 맞잖아?"

감당할 수 없게 빚이 커지면 하군에게 덮어씌우고 빠질 수도 있었겠다 싶었다. 해미는 새삼 감탄했다. 이렇게 무서운 남자가 처자식을 굶겨 죽이는 일은 없겠다 싶었다. 마침 그때 민머리 장이 핸들에 걸쳤던 한쪽 손을 해미 어깨에 얹었다. 정말 잘해보려고 했었다고, 아무도 믿지 않을 말을 중얼거리면서 그녀의 어깨를 가볍게 잡아당겼다. 해미의 몸이 그의 가슴 쪽으로 기울어졌다.

"너 뭐하냐?"

해미는 그가 자신의 어깨에 걸친 팔을 치우며 물었다. 그러나 그는 물러서지 않았다. 가만 좀 있어봐, 하면서 다시 팔을 어깨에 걸쳤다. 해미가 눈을 뜨고 바라보자 민머리 장이 눈을 감았다. 해미는 갑자기 생각이 복잡해졌다. 그냥 모른 척하고 받아줄까, 밀쳐내면서 화를 낼까, 결정을 내리지 못했다. 그때 민머리 장의 혀가 그녀의 입술 사이로 들어왔다. 이 남자의 놀라운 기술은 해미가 입술을 꼭 다물고 있는데도 혀를 그녀의 입안에 넣었다는 점이다. 민머리 장이 가슴을 움켜쥐려고 할 때 해미가 먼저 그의 페니스를 잡았다.

민머리 장이 바지 지퍼를 내리려고 할 때 해미는 그의 손을 꽉 잡았다. 횡단보도 신호등이 바뀌었다. 파란불이 들어올 때까지 기다렸던 사람들이 움직이기 시작했다. 룰은 너무나 당연하고 간단하다. 파란불에 간다. 빨간불을 쏘아주면 멈춤. 그러나 민머리 장은 포기하지 않았다. 숨을 헐떡이며 해미의 바지 지퍼를 끝까지 내렸다. 하는 수 없었다. 해미는 그의 손목을 돌려서 꺾었다.

"야, 빨간불이야."

"뭣 좀 먹고 가자."

해미 말에 민머리 장이 차를 세웠다. 포터가 비상등을 깜박이며 멈춰 선 곳은 막 문을 연 김밥천국 앞이었다. 그가 화장실에 간 사이 해미는 별 고민 없이 라면과 김밥을 두 개씩 주문했다. 창가에 서서 김밥을 말던 여자가 김밥 두 줄을 썰어 테이블에 내려놓고 갔다. 해미가 젓가락을 들었을 때 민머리 장이 들어섰다. 다른 재료들에 비해 당근이 유독 딱딱하게 씹혔다. 그녀 맞은편에 앉은 민머리 장은 보란듯이 꺾인 손목을 흔들어댔다.

주문한 라면이 나왔다. 해미는 수저를 집어들고 라면 국물을 한 숟갈 떠먹었다. 계속 국물을 떠서 입으로 가져갔다. 국물이 턱 바로 아래로 줄줄 새는 느낌이었다. 그는 해미가 먹는 모습을 물끄러미 바라봤다. 뭘 그렇게 많이 처먹냐는 표정이었다.

"배가 많이 고팠나봐?"

민머리 장이 삐딱한 얼굴로 말했다.

"아니."

해미는 그가 손도 대지 않은 라면 그릇을 제 앞으로 끌어다놓고 면을 건져서 먹었다.

"시킨 게 아까워서 그래? 돈은 내가 낼 테니까 그만 먹어."

"속을 든든하게 해놓는 게 좋을 것 같아서 그래. 출장 있거든."

민머리 장이 손목을 흔들다 말고 젓가락을 꺼내들었다. 그들은 남은 김밥을 깨끗하게 먹어치웠다.

끝판왕이 되다

지창씨가 꽤 흥분된 걸음으로 창고에서 나와 고물상 마당을 가로질렀다. 사무실로 들어서더니 해미야, 하고 불렀다. 해미는 소파에 머리를 기대고 눈을 붙이고 있다 벌떡 일어섰다. 지창씨는 그녀 이름을 부르며 달려오기 전, 세 단계의 공정 중 마지막 단계의 분해와 재조립을 마쳤다. 정우성의 기계공 친구가 왔다 가고 이십팔 일 만이었다. 정확하게 사 주가 걸렸다.

지창씨와 해미는 사무실에서 나와 창고로 향했다. 지창씨는 잔뜩 긴장된 얼굴로 기계 전원을 올렸다. 기계는 예열을 시작했다. 예열이 끝나면 세 개의 투입구에 붙은 빨간색 불이 노란색으로 바뀌게 될 것이다. 전구 색깔이 바뀌길 기다리는 동안 해미는 사무실로 가서 커피를 타가지고 왔다. 믹스커피 두 봉지를 머그컵에 털어넣었다. 포트의 불이 꺼지기도 전에 머그컵에 물을 부었다. 창고 문이 활짝 열려 있었다. 바람이 심상치 않게 불었다. 해미가 건넨 잔을 받아든 지창씨는 커피가 식기를 기다렸다. 해미는 요사이 지창씨가 웃는 걸 보지 못했다. 시들시들해진 지창씨는 재미없는 노인네에 불과했다.

"허리케인 파티라는 게 있대."

해미가 희뿌연 하늘을 바라보며 말했다.

"그게 뭔데?"

지창씨가 고개를 숙인 채 미소를 지었다.

"태풍이 가장 세게 몰아칠 때를 기다렸다 파티를 하는 사람들이 있다는 거야."

"담도 크네."

"태풍이 절정에 이르면 꼭 지구가 죽음의 고통 속에 허덕이는 것처럼 느껴진대. 그 순간을 기다렸다 파티를 하는 거지."

"그러고도 무사해?"

"무사하겠어? 많이 죽는대."

다시 정적이 흘렀다. 정적이 깨지는 일은 일어날 것 같지 않았다.

"죽음의 파티네."

지창씨가 말했다.

"인생을 완전 쫑내는 파티지. 그래도 멋지잖아. 사람들이 지하대피소에서 숨죽이고 있을 동안 촛불을 켜고 수영복 입고 미친듯이 마시고 노래하고 춤추는 거야."

그때였다. 언제까지나 계속될 것 같은 정적을 깨며 투입구의 불이 바뀌는 소리가 탁, 탁, 탁 하고 났다. 지창씨가 달려갔다. 해미도 따라 달렸다. 지창씨는 준비된 부품 쪼가리들을 세 곳의 투입구에 차례로 넣었다. 기계가 무시무시한 소리를 내더니 곧 잠잠해졌다. 두 사람은 숨을 죽인 채 기다렸다. 귀에 익은 불협화음이 들렸다.

기계는 제대로 돌아갈 뿐 아니라 꽤나 놀라운 성과도 냈다. 재조립한 기계에서 뽑힌 금속 샘플이 열두 개 분석 항목 중 열 개 항목에서 '적합' 판정을 받았다.

지창씨는 머지않았다고, 고지가 눈앞에 있다고 기뻐했다. 해미는 더이상 속지 않았다. 고지는 눈앞에 있는지 몰라도 거기까지 가는 길이 지금까지 왔던 길보다 더 멀 수도 있었다.

지창씨는 한번 기계가 멈췄던 일이 몹시 마음에 걸리는 듯했다.

"기계들이 연결된 상태나 기능을 보면 매우 복잡한 것 같아 보여도 단순하거든. 각기 다른 종류의 금속을 녹이고 혼합하는 게 핵심인 거지. 어떤 비율로 섞이느냐에 따라 다른 결과물이 나오거든. 결국 비율 문젠데…… 비율을 컨트롤하는 센서모듈이라도 있으면 데이터값을 잡기 수월할 텐데 말이다."

"어렵게 빙빙 돌려서 말하지 말고 요점을 말해봐."

해미는 잘라 말했다.

"데이터값이라도 확실하게 체크할 수 있으면 또 고장이 나도 어떻게 해볼 수가 있거든."

지창씨는 쩝쩝 입맛을 다셨다.

"데이터값을 체크하는 기계가 있어야 된다는 거야?"

"그거지."

지창씨가 눈을 반짝였다.

"결국 돈이 더 필요하다는 거잖아?"

지창씨가 히죽 웃었다.

해미는 한동안 지창씨와 말을 섞지 않았다. 가능한 한 지창씨를 피해 다녔다. 자신의 입에서 어떤 험한 말이 나올지 몰라 겁났다. 말이 아니라 거친 행동이 될 수도 있었다. 언젠가 지창씨가 했던 말이 맞다. 뒷일을 감당할 능력이 됐다면 벌써 무슨 일이든 저질렀을 것이다.

출장이 잡힌 날이었다. 작업 준비를 마치고 출발하려고 할 때였다. 의뢰인은 아는 사람이 유품을 정리해주기로 했다면서 취소했다.

며칠 뒤 다시 연락이 왔다. 이번에는 집주인이었다. 유품정리가 덜 됐다면서 마무리를 해달라고 했다. 현장에 도착해 보니 도둑이 든 것처럼 집안이 엉망이었다. 돈 되는 건 다 가져갔는지 폐기물만 잔뜩 쌓여 있었다. 의뢰인이었던 고인의 아들에게 전화로 상황 설명을 하고 사진을 찍어 보냈다.

"세상 인심 한번 참 좋네."

방독면을 쓰고 쓰레기 더미 한가운데 서서 정씨가 중얼거렸다.

"일부러 머리 깎고 중이 될 필요가 뭐가 있어? 살다보면 저절로 관계가 끊길 텐데."

해미가 고물상으로 돌아온 건 오후 네시쯤이었다. 정씨가 짐 내리는 걸 도와주고 갔다. 마당에 택배 오토바이 한 대가 세워져 있는 게 눈에 띄었다. 헬멧을 쓴 남자가 창고 문을 벌컥 열어젖히고 나왔다. 마당을 향해 쏜살같이 직진하더니 오토바이를 타고 사라졌다.

컨테이너 안으로 들어와 해미는 소파에 몸을 묻었다. 눈을 감았다.

전날 자지 못한 잠을 좀 잤다.

눈을 뜨니 밤이었다. 밥때가 지났는데도 지창씨가 건너오지 않았다. 해미는 쏜살같이 사라지던 택배 오토바이를 떠올렸다. 이번에도 아닌가보다. 지창씨는 언젠가 기계에 자신이 심어놓은 가장 중요한 부품이 있다고 말한 적이 있다. 그게 뭐냐고, 비싼 거냐고 해미가 물었다. 지창씨가 슬며시 웃으며 말했다.

"공짜야."

"뭔데 그게?"

해미는 안심하고 물었다.

"진심."

기계가 말썽 없이 제대로 돌아가기를 갈망하는 순수한 마음. 이렇게까지 하는데 네가 내 믿음을 배신하겠니? 하는 절실함.

택배 오토바이가 올 때마다 매번 지창씨의 진심은 배반을 당했다. 지창씨는 매번 상처를 받았다.

해미는 창고로 건너갔다. 지창씨는 기계 옆에 불편해 보이는 자세로 쪼그려앉아 있었다. 품에 서류봉투를 안고 있었다. 해미는 지창씨의 어깨를 흔들어봤다. 지창씨가 눈을 뜨고 해미를 올려다봤다.

"왜 이러고 있어? 밥 먹어야지."

"먹어야지."

서류봉투를 꼭 안은 채 지창씨가 바닥으로 내려앉았다. 가슴을 들썩이며 색색 숨을 쉬었다. 뭔가 심상치가 않았다.

"어디 아파? 병원에 갈까?"

해미가 휴대폰을 꺼내들자 지창씨가 낚아채갔다.

"도둑놈들."

대신 그는 서류봉투를 해미 손에 쥐여주었다. 숨을 들이마시는 것도 내쉬는 것도 무척이나 괴로워 보였다. 그러나 해미는 꼼짝할 수 없었다. 지창씨가 해미 손을 놔주지 않았다.

"내가 재밌는 얘기 해줄까?"

지창씨가 웃었다.

"이거 진짜 진짜 재밌는 얘기야."

"해봐."

해미는 인심을 썼다. 그러나 지창씨는 웃기만 했다. 혼자만 재밌는 생각을 하며 웃었다.

눈을 뜨자마자 구루마를 끌고 새벽같이 달려온 용이 할배가 구급차를 불렀다. 할배에게 이끌려 밖으로 나온 해미는 하늘이 바뀌면서 아침이 되는 짧은 순간을 목격했다. 파르스름한 색채의 공기가 떠다니고 있었다. 그 어떤 불협화음도 들려오지 않았다. 너무나 평화롭고 완벽한 세상이었다.

해미는 사람들이 왜 그렇게 요란을 떠는지 알 수 없었다. 그녀가 생각하기에 지창씨는 단지 잠이 들었을 뿐이다. 재밌는 얘기를 할 준비가 되면 언제든 눈을 뜰 거라고 생각했다. 그러나 지창씨는 눈을 뜨지 않았다. 병원에서 사인을 알아봐야 한다면서 사진을 여러 장 찍었다. 뜻밖에도 지창씨의 폐에 물이 가득차 있었다. 해미는 지창씨의 양쪽 폐를 가득 채운 물을 바라봤다. 의사가 흉수라고 말하는 걸 홍수로 알아들었다.

“홍수가 났어요?”

해미는 고개를 갸우뚱했다.

“그러니까 바람이 아니라 물이라는 거죠?”

의사는 해미 반응이 맘에 들지 않는다는 얼굴이었다.

“같이 안 살았습니까?”

“아니요. 그러니까 제 말은 함께 살았다는 거예요. 그게 중요한가요?”

“모를 수가 없었을 텐데…… 통증이 엄청났을 테니까.”

말들이 많았다. 지창씨가 의식을 잃길 기다렸다 구급차를 부른 게 아니냐고 의심하는 이들도 있었다. 무엇보다 장례식장에서 해미가 크게 슬퍼하지 않는다고 사람들은 수군거렸다. 해미는 개의치 않았다. 해미 눈에는 그들이 보이지 않았다. 수군거리는 소리도 들리지 않았다.

해미는 장례식장 앞 도로 턱에 쪼그리고 앉아 라일락을 연거푸 두 대 피웠다. 지창씨는 라일락의 비닐을 뜯을 때마다 말했다.

“오십원만 비싸게 팔아도 당장 사라질 담배지. 사람이 피울 수 있는 게 아니야.”

무슨 맛이냐고 해미가 묻자 지창씨는 슬며시 웃었다.

“싸고 독한 자궁맛.”

그녀의 그림자 옆으로 여러 개의 흐릿한 풀 그림자가 있었다. 화단 옆에는 쇠로 된 펜스가 있었고 그 너머에 도로가 보였다. 눈을 감자 차들 소리가 들려왔다. 마치 〈스타워즈〉에 나오는 우주선이 날아가는 소리 같았다. 눈을 뜨면 외계인이나 드로이드가 있을 것 같았지만 그녀 눈에 보이는 건 육면체 철골 덩어리 빌딩들, 차 한 대 다니지 않는 뻥 뚫린 새벽의 도로뿐이었다. 도로 위를 움직이는 거라곤 의미 없이 위에서 아래로, 아래에서 위로 오락가락하는 정지신호와 직진신호뿐이었다. 그 위를 유난히 새파란 새벽하늘이 덮고 있었다.

해미 엄마는 매일 아침 일어나면 간밤에 꾼 꿈 얘기를 했다. 자신이 앞으로 가게 될 세상이 얼마나 아름답고 찬란한 곳인지 말했다. 지창씨와 해미는 식탁에 앉아 밥을 떠넘기며 그녀가 하는 말을 묵묵히 들었다. 해가 지면 그녀는 앓는 소리를 냈다. 정말 정말 듣기 싫었다. 기계의 불협화음보다 더 짜증나는 소리였다. 어두워지면 앓는 소리는 더 커졌다. 밤을 집어삼켰다. 그런 사람들이 있다. 한쪽밖에는 보이지가 않아서 한쪽으로밖에 갈 수 없는 사람들. 죽음이 아니면 달리 편안해지는 방법을 알지 못하는 사람들.

엄마가 결국 자신이 꿈꾸던 세상으로 갔을 때 해미는 기뻤다. 진심으로 그녀를 생각하면 기뻐할 일이었다. 그런데 눈물이 났다. 지창씨는 해미에게 소리내 울지 못하게 했다.

"죽어서도 청각은 열려 있대."

발인을 마치고 며칠 뒤 해미는 전화 한 통을 받았다. M센터 연구장이라는 사람이었다. 무슨 일이냐고 해미가 물었다. 그는 자신이 이렇게 직접 전화를 하는 일은 드물다고 했다. 그럼 누굴 시키지 왜 직접 전화를 걸었냐고 해미가 물었다.

수화기 저쪽의 남자는 예의를 차린다는 느낌을 주려고 애를 쓰면서 특별한 경우이기 때문이라고 했다. 해미가 아무런 대꾸도 하지 않자 그는 계약한 업체가 있느냐고 물었다. 해미가 할 수 있는 건 네? 하고 되묻는 것뿐이었다. 그는 헛기침을 한번 하더니 좋은 조건으로 업체를 소개시켜줄 수 있다고 했다. 왜 말이 없냐, 벌써 계약을 했냐고 다급하게 물었다. 순간 해미의 머릿속에 떠오르는 뭔가가 있었다. 그녀는 다시 연락을 주겠다고 하고 전화를 끊었다. 해미의 심장이 불규칙하게 뛰기 시작했다. 다행히 지창씨가 마지막으로 손에 쥐여준, 해미가 구급차를 타기 직전 반으로 접어 휴지통에 쑤셔넣은 서류봉투가 아직 있었다. 해미는 휴지통 안에서 서류봉투를 꺼내 책상 위에 펼쳐놓았다.

봉투 안에 든 건 A4용지 다섯 장. 휙 넘겨서 소견서라고 적힌 마지막 장부터 봤다. 적합, 적합, 일치, 일치, 일치할 것으로 생각됨. 문서조작이 아닐까 하는 의심이 들었다. 꿈에서도 감히 생각해본 적 없는 일이 눈앞에 벌어졌다. 해미는 의아했다. 어째 이제 와서 일치된다고 하는 걸까. 지금까지 불일치로 일관하던 그들이.

대체물로 사용하는 데 아무런 문제가 없음을 증명합니다…… 지창씨가 샘플로 보낸 폐기 금속이 전자부품에 들어갈 희귀 금속을 대체할 수 있음이 증명된 소견서.

뭉치면 죽는다. 흩어져야 산다. 지창씨와 해미가 사는 세상은 살벌했다. 그 지옥 속에서 지창씨는 불순물이 전혀 들어가지 않은 순수한 이트륨을 뽑아냈다. 해미는 끝내 지창씨가 하지 못했던 재밌는 얘기가 뭔지 알게 됐다. 지창씨는 모르겠지만 진짜 재밌는 얘기는 이제 시작이었다.

장례식을 치르는 동안 지창씨의 기계가 창고에서 사라졌다. 장례 비용이 필요하지 않겠냐면서 기계의 일부를 사겠다는 사람이 나타났다. 허락도 받지 않고 가져간 사람들도 있었다. 기계가 있던 창고도 사라졌다. 컨테이너 건물도 가져가겠다고 미리 찜해놓은 사람이 있었다. 정리할 수 있는 건 다 정리했다. 기계를 팔아치운 돈으로 장례를 치르고, 밀려 있던 석 달 치 은행 이자를 냈다. 해미가 그렇게 서둘러야 했던 건 무상임대 기간이 한 달도 남지 않았기 때문이었다. 건물이 들어설 것이라고 했다. 룸이 칠십 개가 되는 호텔 설계도가 이미 완성됐다고 했다.

해미는 일과를 끝내고 목욕탕 의자에 엉덩이를 걸치고 앉았다. 숨을 죽이고 귀를 기울였다. 창고 안에서 기계 소리가 들려오는 듯했다. 거를 건 거르고 부술 것은 부수는 무지막지한 분쇄기 소리, 원통형의 기구 안에서 분말이 바지런히 이동하는 소리, 잊을 만하면 한 번씩 퉁퉁 기계를 쳐대는 지창씨의 쇠망치 소리, 우우우웅, 하며 기계 전체가 떨리는 소리가 차례로 해미 귀에 들려왔다. 거대한 로프가 감기고 단단한 물질이 금속관 안에서 녹아 흐르고 한숨을 토해내듯 파이프에서 흰 연기가 뿜어지면서 공중으로 솟아오를 때가 있었다. 해미는 지창씨가 솟구치는 연기를 들이마시는 순간을 떠올렸다. 지창씨의 뇌가 강철로 코팅되고 그의 겨드랑이에서 기름이 뚝뚝 떨어졌다.

한때 해미는 '끝판왕'이라는 게임에 미쳐 있었다. 지창씨 지갑에서 돈을 훔쳐서 어두컴컴한 오락실에 앉아 스테이지를 하나하나 깨뜨렸다. 한 달이 걸려 마지막 스테이지인 끝판왕을 마침내 쓰러뜨렸다. '끝판왕은 없습니다. 다 환상입니다'라는 멘트와 함께 다시 스테이지 1로 돌아갔다. 지창씨는 가장 신나고 재밌는 얘기는 이미 자기 안에서 끝이 나서 입 밖으로 낼 필요가 없다는 듯 더이상 말이 없었다.

파티가 시작되다

느낌은 왔지만 정확하게 어떤 느낌인지 모르는 상태에서 해미는 잠바 주머니에 손을 넣었다. 휴대폰이 손에 잡히자 느낌의 정체를 알았다.

월요일 오후 두시, 해미는 첫 출장지에서 작업을 끝내고 다음 출장지로 이동중이었다. 저장되지 않은 번호여서 당연히 의뢰인일 거라고 짐작했다.

"여보세요."

저쪽에서 대꾸가 없었다. 잠시 후 다시 벨이 울렸다. 같은 번호였다. 신경 가닥이 뒤엉키면서 심정이 복잡해져왔다. 하군임에 틀림없었다. 종료 버튼을 누르자 바로 문자가 왔다.

'지금 편의점 앞이야.'

문자를 보는 순간 코끝이 시큰해졌다. 숨을 들이마시는 순간 훅, 하고 차가운 바람이 폐로 들어왔다.

'널러가자!'

해미는 몰랐지만 하군이 말린 문어다리를 들고 고물상에 찾아왔을 때, 하군이 내미는 풍선에서 바람을 호옵, 하고 삼켰을 때 그때 이미 해미의 허파에 바람이 들었다. 무게가 많이 나가잖아, 라며 입이 귀에 걸리던 얼굴을 봤을 때, 아이스바를 입에 문 채 신나게 물을 빨던 파리를 멍하니 함께 바라볼 때 해미의 허파에는 바람이 들었다. 해미는 피식피식 바람 빠지는 소리를 내며 웃었다. 그런데도 허파에는 빵빵하게 바람이 찼다.

"나도 이제 그렇게 됐구나."

할아버지가 그랬고, 지창씨가 그랬던 것처럼.

해미는 함께 일을 나온 정씨를 다음 출장지에 내려주고 유턴을 했다. 포터가 내는 진동보다 해미의 심장이 더 빨리 뛰었다. 눈에 익은 빌딩이 나타났다 사라졌다. 신호등이 깜빡였고, 점포들이 지나갔다. 극장 건물을 지나자 지하철역이 나타났고, 지하철역을 지나자 사거리가 나타났다. 해미는 신호를 받고 우회전해 시장 골목으로 들어섰다. 정차된 차들을 제외하고 골목에는 차들이 보이지 않았다. 바퀴에 물컹한 것이 깔리는 느낌이 들었다. 그러나 해미는 속도를 줄이지 않았다. 사이렌 소리가 따라붙었다. 그러나 거리낄 게 없었다. 포터를 막고 있는 건 아무것도 없었다. 해미는 액셀을 힘껏 밟았다.

시장 입구에서 안쪽으로 깊숙이 들어갔다. 편의점을 지나쳐 아파트로 향했다. 샤워를 하고 옷을 갈아입었다. 다시 포터를 끌고 편의점 앞으로 향했다. 튕겨져나갈 듯 출발한 포터는 골목을 빠져나와 사거리 신호등을 무시한 채 달렸다. 편의점 앞에 포터를 세운 해미는 등받이에 머리를 기댔다. 골목은 지나치게 조용하고 적막했다. 차창 밖으로 공원 벤치 등받이에 턱을 괴고 있는 회색 고양이가 보였다. 고양이는 고개를 요리조리 돌리며 아무도 없는 골목을 보고 또 봤다. 해미는 오디오 버튼을 누르고 주파수를 맞췄다.

"이렇게 생각해보는 건 어떨까요?"

영화음악을 소개하는 여자 디제이의 목소리가 들려왔다.

"지금 내가 겪고 있는 모든 슬픔, 아픔이 태풍처럼 한때 지나가는 거라고 여기는 거죠. 당장은 어렵겠지만 소망하는 기적이 모두에게 일어났으면 좋겠습니다."

기적을 소망하기에는 너무나 시끄럽고 요란한 비트의 음악이 흘러나왔다. 굵직한 목소리의 남자가 음악을 끊고 들어와서 긴급 속보를 알렸다.

"대로변을 질주하던 차량이 보행자들을 향해 돌진, 행인들을 치고 달아났습니다. 차량은 낡고 오래된 1톤 포터. 운전자는 앞을 막는 경찰차를 무시하고 그대로 달아났습니다. 계속해서 경찰이 추적중입니다."

"충돌하면 서야 하잖아요."

목격자는 증언했다.

"그런데 계속 가속페달을 밟는 거예요. 그냥 밀어붙이는 거예요."

끊긴 음악의 뒷부분은 들을 수 없었다. 새로운 곡이 시작됐다. 비가 한두 방울씩 떨어졌다. 비는 내리다 말다 하다 그쳤다. 시야가 온통 회색빛이었다. 개나리색 비니가 포터의 와이퍼에 끼여 있었지만 해미가 앉은 운전석에서는 보이지 않았다. 해미는 하군에게 전화를 걸었다.

하군은 전화를 받지 않았다. 대신 통화연결음에 자신의 목소리를 실어 해미에게 소리치고 있었다. 널려가자, 널려가자, 널려가자, 엄마야.

| 수상 소감 |

언젠가 슬픈 꿈을 꾼 적이 있다. 잠이 깨고 난 뒤에도 암담함이 사라지지 않았다. 잠자리에서 빠져나왔을 때 언제 깼는지 다섯 살 딸아이가 나를 따라 나왔다. 나는 참지 못하고 그만 아이 앞에서 울음을 터뜨렸다. 우는 나를 아이가 곁에서 지켜보고 서 있었다.

"놀랬지?"

엄마가 너무 슬픈 꿈을 꿔서 가슴에 남은 슬픔을 날려보내려고 운 거라고 나는 딸아이에게 말했다.

"무슨 슬픈 꿈? 내가 죽는 꿈이었어?"

딸아이가 물었다.

"왜 그런 생각을 했어? 너도 누가 죽는 꿈을 꾼 적 있어?"

나는 놀라서 물었다. 아이가 나를 빤히 바라보며 말했다.

"내가 지금보다 조금 더 컸을 때 엄마가 죽었어…… 꿈에서."

나는 아이를 위해서라면 뭐든 할 각오가 되어 있었지만 엄마는 절대 죽지 않는 사람이라고 말해줄 수는 없었다. 나는 아이를 당겨 안으며 슬펐겠네, 라고 말했다.

아이는 믿기지 않을 만큼 어른스러운 목소리로 괜찮다고 말했다. 그때 딸아이의 표정을 잊을 수가 없다. 언젠가는 닥칠 엄마의 죽음에 대한 공포와 엄마가 죽으면 자신의 꿈 때문일지 모른다는 자책의 얼굴. 그것은 딸의 얼굴이 아니라 실은 내 얼굴이었다. 어릴 적 잊고 있던 나의 얼굴이었다. 그 얼굴이 아주 오래 마음에 남아서 이 소설을 쓰게 했다는 생각이 든다.

당선 전화를 받은 게 11월 초였다.

전화를 받자마자 친구들과 여행을 갔다. 오래전부터 예정된 여행이었다. 마음이 편치 않았다. 책을 낸다는 것에 대한 책임감과 내가 제대로 해냈는지에 대한 의구심이 사라지지 않았다. 여행에서 돌아오자마자 편집자가 전화를 했다. 나는 고치고 있다고, 조금만 더 기다려달라고 빚 독촉 받는 사람처럼 말했다.

편집자는 아주 조심스럽게 심사를 보셨던 이상운 선생님께서 고치지 않았으면 좋겠다는 말씀을 하셨다고 했다. 비로소 조금 안심이 됐다. 그러나 맘껏 기뻐하기도 전에 지금 그분이 세상에 없다는 말을 들었다. 내가 여행에서 돌아오던 날이 선생의 발인이었다. 빚을 지고 나는 또 살게 됐다. 그래도 계속 살아간다. 조심스럽지만 그분이 세상에 남기신 마지막 말로 수상 소감을 대신하고 싶다.

태어나서 살아가는 사람이라면 모두가 그 수고로움에 대해 박수를 받아야 하지 않겠는가. 글을 쓰는 일이나, 살아가는 일이나, 그 자체에는 우열이 있을 수 없고, 모두 격려와 위로를 받아야 할 뿐이다.

| 심사평 |

강영숙(소설가)

이유씨의 『소각의 여왕』은 어쩌면 대단히 시의적절한 소재를 겹쳐 놓았다. 대기업들이 도시광산산업이란 이름으로 고물상 사업에 진출한다는 신문기사를 읽은 적이 있는데, 도시 곳곳에 있는 서민형 생계 현장이라고 해서 안전할 리 없다는 생각이 든다. 강남 학동사거리에 있는 고물상, 고철값이 떨어져 연관업체들이 죄다 문을 닫는 상황도 설득력이 있고 희귀 금속을 찾아내려는 아버지의 의지도 흥미롭다. 주인공 '해미'가 아버지를 도와 고물상 일을 하다가 나중에는 죽은 사람들의 유품 정리하는 일을 하게 되는 과정이 좀 부자연스럽기도 하지만 그럴 수 있을 것도 같다. 결국은 죽음에 관한 얘기를 피해갈 수 없는 것이 소설이기도 하지만 이 작품이 뒤로 갈수록 죽음과 가까워지는 건 왠지 두려웠다. "그런 사람들이 있다. 한쪽밖에는 보이지가 않아서 한쪽으로밖에 갈 수 없는 사람들. 죽음이 아니면 달리 편안해지는 방법을 알지 못하는 사람들" 천지인 세상이 되어가고 있는 것만 같아서였다. 이 작품은 결국 그보다 더 죽음 쪽으로 나간다. 조금 아쉬웠던 점은 지리적 정보 외에 고물상의 장소 이미지가 머릿속에 잘 그려지지 않았다는 점이다. 고물상의 내부를 보여주려면 오히려 고물상의 외부를 보여줘야 하는 것이 아닐까. 그러나 응축적 서사를 만들어가는 데 있어 그런 공간 묘사가 방해가 되었을지도 모르겠다는 생각이 들어 또 이해는 간다.

『소각의 여왕』을 당선작으로 결정하는 데 동의한 이유는 감당할 선을 넘는 현실의 무게와 삶의 비의를 작품에 담으려고 한 작가의 넓은 마음 때문이었다. 슬픔의 총량이 많아지는 삶, 그런 삶의 와중에 놓인 사람들은 땅에서 쉽게 발을 뗄 수가 없다. 작가는 그런 사람들 틈에 있으려고 했던 것 같다. 또다른 측면에서 이 작품이 갖고 있는 커다란 장점은 응축적 서사 전체가 가지고 있는 에너지에 있으며, 그것이 타인 지향적이고 타인을 향해 열려 있다는 점이다. 지금까지 언어가 단절되지 않는 이유는 작품을 읽었을 때 비로소 완성되는 상대 지향성, 타인 지향성의 힘 때문이 아닐까. 당선자에게 축하의 인사를 전한다.

강지희(문학평론가)

이유씨의 『소각의 여왕』은 심사 초반부터 심사위원 모두의 지목을 받았던 소설이었다. 소설을 지탱하고 있는 서사의 축은 두 가지다. 하나는 할아버지 대부터 이어져온 '허파의 바람병'에 걸려 불가능해 보이는 일체형기계의 발명에 몰두하는 아버지의 이야기이고, 다른 하나는 할아버지 대부터 시작된 고물상이라는 가업을 이어받았으나 자본의 변화 속에서 더 지탱하지 못하고 유품정리 일을 하게 된 주인공의 이야기이다. 처음 소설을 읽다보면 서사의 시간을 축약해버리는 순간들에서 느껴지는 작가의 재기에 먼저 반하게 된다. 이어 유품정리를 의뢰해오는 사람들이 펼쳐내는 비극적인 에피소드들 하나하나에 몰입하게 된다. 그러나 이 작품의 진가는 아버지가 죽기 전까지 매달렸던 기계가 사실 성공했음을 그 기계가 해체된 이후에야 허무하게 전해들은 주인공이 폭주하고 나서 비로소 알게 된다. 왜 이 소설은 대를 이어 내려오는 지점들을 강조하는 방식으로 쓰일 수밖에 없었던 것인가. 고물상의 시대에서 기계 발명의 시대로 진화해왔으나, 이제 젊은 세대에게 남겨진 과업이란 비참한 죽음들을 마무리하는 사후 '소각' 뿐이라는 비참한 세대 인식이 여기에는 자리하고 있다. 이런 맥락에서라면 마지막에 주인공이 감행하는 폭주야말로 최종적으로 세상까지도 소각해버리려는 저항적 의지의 소산으로 읽을 수 있다. 이 순간에 시대를 대변하는 목소리로서 '소각의 여왕'이 탄생하는 것이다. 그렇다면 이 작품 안에 페이소스는 있으나 놀라움이 부재하는 듯한 에피소드들의 소소함이란 아주 작은 약점에 불과한 것이 아닐까. 심사의 마지막 순간에 기꺼이 삼 년 만에 문학동네소설상 수상작을 내는 데 동의할 수 있었다.

권희철(문학평론가)

『소각의 여왕』은 이유씨가 얼마나 오랜 습작기를 거쳤는지를 짐작하게 했다. 이 소설은 이야기를 절제할 줄 알고, 커다란 이야기를 조그마한 장면들로 나눠놓고 이어붙이면서 무거운 이야기를 경쾌하게 읽을 수 있게 만들어놓고 있었다. 이 소설이 담아내고 있는 소재가 그다지 참신하지 않다는 지적도 있었지만, 물건을 만드는 솜씨를 놓고 볼 때, 응모자들 가운데 이유씨를 따를 사람을 찾기 어려웠다. 하지만 심사하는 내내 나는 이 작품을 다른 심사위원들만큼 환영하지 못했다. 그것은 『소각의 여왕』이 동화적인 분위기에 기대고 있는 것처럼 보였기 때문이다. 소설은 삶이 우리의 기대와 다르다는 것을 우리가 인정할 수밖에 없게 하거나, 운명에 패배해가는 삶의 고통을 그리거나, 우리가 기대와 다르고 고통으로 가득한 삶과 대면할 수 있도록 우리에게 강한 무엇인가를 건넨다. 반대로 동화는 삶의 거칠고 날카로우며 복잡한 면들을 부드럽고 단순하게 다듬고 그래서 삶을 받아들일 만한 것으로 가공한다(그렇기 때문에 삶이라는 저주에 이제 막 접어든 인생의 초심자들, 어린아이들에게는 삶에 진입할 수 있도록 동화가 도와줘야 한다). 소설과 동화가 언제나 이런 식으로 간단하게 나눠질 리는 없지만, 나는 뛰어난 소설이 동화적 세계에 접근해갈 때, 동화는 더이상 동화로 남겨질 수 없다고 생각한다. 『소각의 여왕』에는 부드럽고 단순하게 다듬어진 면이 약간은 동화적으로 남겨져 있는 것처럼 보였고, 이 소설의 밑바탕에 깔려 있는 울분과 고통의 질감이 내게는 충분하지 않은 듯했다. 내가 『소각의 여왕』을 지지하기를 망설인 이유다. 하지만 이 소설의 마지막 장면이 보여준 울분의 작은 폭발 때문에 이 소설에 지지를 보내는 다른 심사위원들의 의견에 수긍할 수 있었다. 이유씨의 당선을 축하한다. 독자의 한 사람으로서, 나는 이유씨가 마지막 장면에서 보여준 작은 폭발이 보다 선명한 것이 되기를, 아주 조금 남아 있는 동화적인 것이 결국 소설적인 것이 되기를 바란다. 지금 내가 『소각의 여왕』의 진가를 제대로 알아보지 못했다는 사실을 증명할 만한 다음 작품들로 나아가는 데 이번 수상이 하나의 계기가 되기를 바란다.

박형서(소설가)

본디 나는 이유씨의 『소각의 여왕』이 차선은 된다고 인정하면서도 당선 가능성을 낮게 잡아두었다. 유명 여성 작가들의 개성적인 목소리가 날것 그대로 들렸고 영화 〈선샤인 클리닝〉 및 웹툰 〈무한동력〉의 그림자가 느껴졌으며 무엇보다도 결말의 엉뚱한 인상이 눈에 걸린 까닭이었다. 유독 나만의 지적은 아니었다. 하지만 시간이 흐를수록 지엽적인 불만의 목소리는 점점 시드는 데 반해 여러 심사위원들이 돌아가며 발언한 장점들, 이를테면 에피소드의 배치가 뛰어나다거나 행간에 꼭꼭 눌러담은 감정의 농도가 일품이라는 등 칭찬의 목소리는 높아져갔다.

결국 나 역시 이 작품에 대한 나 자신의 일부 오독을 인정할 수밖에 없었다. 내가 시시하다 생각했던 줄거리는 우연성 및 의외성을 줄이기 위한 방책이었다. 기시감은, 사실 그런 얘기 자체가 흔하기 때문이었다. 결말의 엉뚱한 인상은 다만 암시가 조금 지나친 탓이었다. 그렇다, 나는 항복했다. 날이 저물고 으슬으슬 춥고 배가 매우 고파서가 아니었다. 뭐 전혀 아닌 건 아니지만, 그보다는 내가 몰랐거나 간과했던 장점에 충분히 동의했기 때문이었다.

은희경(소설가)

감정의 절제를 유머로 치환한 간결한 내러티브가 매우 개성적이다. 군더더기 없이 짧게 끊어치는 묘사가 날카롭고 유쾌하게 각인된다고 할까. 출구가 보이지 않는 사람들이 택하게 되는 도피, 둔주, 욕망, 폭력, 자기 환멸의 심리 또한 매우 설득력 있게 묘사돼 있다. 절망과 고통을 뒤돌아 세워놓는가 하면 지옥도에 색을 뺀 덕분에 읽는 사람들은 이 비극을 가벼운 사기극처럼 느낄 수도 있는데, 그것이 소설의 세련됨이 아닐까 한다. 수상을 축하한다.

이상운(소설가)

이유씨의 『소각의 여왕』은 예리하고 담백한 문장으로, 고물상을 하는 '지창씨'와 그의 딸 '해미'의 일상을 통해, 오늘날의 고단한 현실을 순한 블랙코미디풍으로 그려낸 작품이다. 고물상의 일상, 유품정리 현장과 망자들의 사연, 폐가전제품에서 희귀 금속을 채취하는 기계에 미친 아버지, 두 사람과 얽힌 여러 피곤한 군상들, 우리를 살아가게 하는 힘인 꿈과 그 꿈이 현실에서 작동하는 방식의 허망하고 우스꽝스러운 속성 등이, 때로 코믹하고 때로 슬프게, 감정 노출을 최대한 자제한 냉정한 필치로 잘 그려져 있다. 시대 배경이 원경으로 물러나 있고, 인물 묘사와 대화가 사실적이라기보다 우화적이고, 또 사건 전개와 인물 형상화가 만화와 오버랩되는 바가 있어서, 로이 리히텐슈타인의 그림들을 떠올리게 했다. 리히텐슈타인의 그림들이 그렇듯이, 나는 이 작품 또한 겉보기의 가벼움 뒤에 삶과 문학에 대한 깊은 고뇌와 상당한 단련을 숨기고 있다고 보았다. 취향에 따라서는, 잘 만든 피아노 소품곡들을 쭉 모아놓은 듯하여, 피아노협주곡 같은 큰 규모의 구조물이 되지 못한 것에 아쉬움을 표할 사람들도 있을 것 같다. 그러나 작자의 의도가 거기에 있지 않으며, 자신이 의도한 타깃을 상당한 수준으로 성취하지 않았느냐고 변명해주고 싶다.

| 수상작가 인터뷰 |

헤어짐 없이 만남

이영훈

1

이유를 만난 것은 금요일이었다. 약속 장소로 어디가 편하냐고 묻자 강남역 쪽이라고 해서 그럼 그곳에서 보자고 했는데, 나중에 생각해보니 아차 싶었다. 금요일의 강남이라면 무척 붐빌 것이다. 누군가를 만나 이야기를 듣기에 좋은 장소는 아니다. 그렇지만 꽤나 급한 일정이어서 어떻게 바꿔볼 여지도 없이 강남으로 나섰다.

아침부터 끈질기게 비가 내리던 날이었다. 우산을 들고 있긴 했지만 목적지에 닿기도 전에 벌써부터 발이 축축했다. 정말이지, 끝내주는 날이 되겠구나, 싶은 기분이었다. 그나마 비가 오는 바람에 평소보다 인파가 적다는 게 유일한 위로였다.

큰길에서 약간 벗어난 곳에 위치한 커피숍은 의외로 차분한 분위기였다. 이유의 앞에 앉아 인사와 흔한 축하를 건넸다. 그때까지도 조금은 초조한 기분이었다. 하지만 주문한 커피를 마시고 나자 마음이 좀 녹았다. 커피맛이 꽤나 좋았기 때문이다. 한숨을 돌리고 난 후에야 겨우 이유를 살필 수 있었다.

전에 우연히 만났던 때의 이야기를 꺼내자 이유는 처음 듣는다는 듯 고개를 갸웃거렸다. 구체적인 상황을 들려주자 이유는 그제야 기억이 난다는 듯 탄성을 질렀다.

"너무 취해 있어서 기억을 못했어요."

별로 취하지 않았었는지 나는 당시의 상황을 모두 기억하고 있었다. 머릿속으로 그때 있었던 일을 몇 가지 떠올리다 문득 당황하고 말았다. 다시 그녀를 살폈다. 이상할 정도로 그때 만났던 사람과 지금 앞에 있는 사람은 달라 보였다. 하기야 만났던 그때는 그저 멀리서 스쳐보기만 했을 뿐이니 바로 눈앞에서 만나는 것과는 다른 게 당연할지도 모른다. 하지만 그렇다 해도 이렇게 인상 자체가 다르게 느껴지는 경우는 드물지 않은가. 문득 묘한 기분이 들어 한참을 바라봤다. 대체, 이유가 뭐지?

2

인터뷰에 대한 몇 가지 재미없는 이야기를 주고받은 후 바로 녹음을 돌렸다. 마이크를 그녀 쪽으로 가져다놓자 경계하는 기색도 없이 웃으며 "크게 말할까요?"라고 했다. 어차피 어떻게 해도 어색한 분위기일 것 같아서 바로 질문을 시작했다.

어린 시절 이야기부터 듣고 싶어요.

—말이 없는 아이였어요. 어머니가 아프셨거든요.

첫 질문부터 쉽지 않은 이야기가 나왔다. 이 대목에서 뭔가 눈물을 글썽이며, 그러셨구나, 그래서 역시, 이래버리면 여러 가지 의미로 진짜 볼만한 인터뷰가 됐을 것 같긴 한데, 그뒤의 사태를 감당할 자신이 없어서 그냥 건조하게 되물었다.

아프셨다고 하면 어느 시기부터 어떻게?

—그냥 기억나는 가운데 늘 아프셨던 것 같아요. 네다섯 살부터? 아프시다가 조금 괜찮아지시면 움직이시고. 잊을 수 없는 일이 있는데, 한번인가는 너무 아프시니까 어머니가 침상을 마당에 내어놓으신 적이 있거든요. 마당 한가운데서 어머니는 앓으시고 남은 식구들은 자기들 할 일을 하고. 그냥 그렇게 지냈어요. 아버지는 무척 성실한 분이셨는데, 그래도 어머니 아픈 것은 어쩔 수가 없었고, 그러다보니 뭔가 현실이 되게 싫어서, 늘 그런 기분이 있었던 것 같아요.

어머니가 마당에서 앓았다는 이야기를 나는 태어나서 처음으로 들었다. 더 묻진 않았지만 아마 훨씬 더 많은 이야기가 그 안에 도사리고 있을 것이다. 그 모든 경험을 그녀는 아무렇지도 않게, 아니 적어도 아무렇지 않아 보이게 말하고 있었다. 여기서 뭔가 또 아득해져서 그렇구나, 그래서 역시, 이래버리면 감당하지 못하게 될 터였다.

다행스럽게도 그녀 자신이 출구를 열어주었다.

—아마 그래서 추리소설이나 SF소설을 좋아했던 것 같아요. 뭔가 벗어나고 싶은 기분 때문에.

기회가 왔다. 자연스럽게, 될 수 있는 한 자연스럽게, 를 속으로 외며 다음 질문을 던졌다.

그럼 처음 습작 때 쓰셨던 소설은 추리나 SF에 가까운 작품이었나요?

—음, 그랬던 것 같아요.

첫 소설을 쓴 때가 언제예요?

—고등학교 일학년 때?

내가 아는 가운데 가장 재미있는 이야기 중의 하나가, 어릴 적에 쓴 소설의 이야기다. 그중에서도 고등학교 때 쓴 소설 이야기야말로 압도적으로 재미있다.

어떤 소설인가요?

—아니 그냥.

꼭, 듣고 싶습니다.

—음, 집이 갑자기 이사를 가게 돼서 학교까지 이동시간이 갑자기 길어졌거든요. 왕복으로 세 시간 정도 걸렸는데, 하루는 이동중에 갑자기 그 내용이 떠올라서 책상에 앉자마자 단숨에 써내려갔죠. 한 시간인가, 그 정도 걸렸던 것 같은데. 내용은 그러니까, 마네킹 얘기거든요.

마네킹이요?

—네. 마네킹이 세상 사람들을 관찰하는, 그런 소설이었어요.

당선됐나요?

—아뇨. 당선작 없는 가작이었어요. 뭐, 아마 낸 사람은 저 혼자뿐이었을 것 같아요. 갑자기 써서 낸 것이고.

대수롭지 않게 여겨질 수도 있지만, 차분히 생각해보면 이상한 이야기다. 그녀의 말에 따르면 그녀는 이과였고 그때까지 특별히 글을 쓰겠다는 생각을 해본 적이 없었다. 그랬던 사람이 별다른 이유 없이 그저 소설을 썼고 그것을 어딘가에 제출하기까지 했다는 것이다. 쓰지 않다가 쓰게 되는 것 사이에는 무척 먼 거리가 있고, 그렇게 쓴 것을 어딘가에 내는 일은 완전히 다른 차원의 행위다. 그녀가 말을 이었다.

—어머니가 아프시니까 뭐, 혼자 여러 가지 일을 했거든요. 주로 텔레비전을 많이 봤고. 제일 좋아했던 건 〈환상특급〉이었어요.

아, 〈환상특급〉. 저도 굉장히 좋아해요. 제일 기억에 남는 에피소드가?

—시간을 멈추는 이야기요. 어떤 아이의 아버지가 골동품가게에서 시계를 사다주거든요. 그런데 이 시계를 조작하면 주변의 모든 시간이 멈추는 거예요.

나 역시 아는 에피소드였다. 하지만,

제 기억으로는 아이가 아니었던 것 같은데요?

—아이가 아니에요?

네. 그 에피소드에서 시계를 갖고 있는 건 엄마 쪽이었어요. 평범한 가정주부인데 남편에게서 시계를 선물로 받죠. 처음엔 그 시계로 할 수 있는 일들을 굉장히 즐기잖아요. 슈퍼마켓에서 심술을 부리는 여자의 물건을 가로챈다든가.

—아, 맞아. 그런 장면이 있었던 것 같아요.

마지막 장면이 일품이었죠. 핵전쟁이 나는.

—네. 그 에피소드 맞아요. 핵전쟁이 나니까 시간을 멈추고,

하늘에 막 떨어지기 직전의 핵미사일이 떠 있고.

—맞아, 맞아.

공통의 화제를 찾아 다행이라고 생각하던 참이었다. 그런데,

—그다음을 생각하니 너무 무서운 거예요.

무서워요?

—네. 시간을 멈춘 거잖아요? 그래서 핵전쟁을 피해 살아남을 수 있고. 하지만 그다음은요? 언젠가는 다시 시간을 가게 해야 해요. 다시 시간을 가게 하기까지 주인공이 혼자 겪어야 하는 감정을 생각하면, 너무 무섭잖아요.

그 이야기를 그녀처럼 생각해본 적은 없었다. 되짚어보니 정말로 그렇다. 파국은 두려운 것이 아니다. 벌어지고 난 후의 세계란 건 사실 보잘것없다. 정작 두려운 것은 거기까지 가게 되는 예감인 것이다.

그리고 몇 가지 이야기를 더 나누었다. SF작가 중에서는 어슐러 크로버 르귄을 가장 좋아한다고 했다. 나 역시 무척 좋아하는 작가여서 한참 동안 르귄의 소설에 대해 이야기했다. 각자 좋아하는 소설 이야기를 하는 동안에는 그나마 그녀도 나도 긴장이 조금 풀리는 것 같았다. 인터뷰가 한 시간을 넘어갈 때쯤 잠깐 녹음을 멈췄다.

3

이제 그녀의 소설에 대해 물을 차례였다.

쓰는 데에 어느 정도 시간이 걸리셨어요?

—음, 일 년 반 정도?

소설 속에 특이한 직업이 등장하잖아요? 죽은 이의 유품을 처리하는. 실제로 있는 직업인가요?

—네. 유품정리사라고 해서 실제로 있는 직업이에요.

취재는 어떤 방식으로 하셨나요?

—인터넷을 찾아보면 자료가 무척 다양하게 올라와 있어요. 대부분은 그분들 자신이 올린 광고 같은 거예요. 정리되기 전의 상황을 사진으로 찍어 올리고, 정리된 후의 상태를 보여주는 식이죠. 보기에 따라서는 무척 끔찍한 사진들도 있어요.

고물상이라는 무대는 어떻게 떠올리셨나요?

—유품정리사라는 직업 자체가 고물상을 하시는 분들이 주로 하게

되어 있어요. 돌아가신 분들의 남은 물건을 정리해야 하는 거니까.

납득이 가는 이야기였다. 흔히 유품이라고 하면 소지할 수 있는 정도의 조그마한 물건을 떠올리지만, 실은 죽은 이가 남긴 흔적 전부가 유품인 것이다. 덩치 큰 물건을 처리할 수 있는 고물상들이야말로 유품을 정리하는 데 알맞은 이들이다.

질문을 이어갔다.

주인공인 해미와 아버지인 지창씨의 관계가 무척 신선하게 다가왔습니다. 친구처럼 격의 없이 지내는 것 같지만 동시에 정작 중요한 이야기를 나누지는 못해요. 인물들을 통해 어떤 이야기를 하고 싶으셨나요?

물을 당시에는 사실 별생각이 없었다. 실은 별로 좋은 질문이 아니었다. 바로 저런 부분을 직접 느끼기 위해 소설을 읽는 것이니까. 그녀가 제대로 답을 한다 하더라도 아마 지면에 실을 순 없을 거라고 생각했다. 하지만 인터뷰를 쓰는 입장에서는 소설에 대해 작가가 표현하고자 하는 바를 알아야 했으므로 던졌던 물음이었다.

그런데 인터뷰 내내 처음으로, 그녀는 한참 동안 말을 삼켰다.

그리고 여러 가지 말이 오갔다.

4

그때 나누었던 이야기를 여기에 적고 싶은 마음은 없다. 처음엔 그녀가 그렇게 부탁했고, 나중에는 적어도 좋다고 허락을 받았지만 글쎄, 그녀의 허락만으로 모든 것이 다 허락된다고 믿지 않는다. 누군가의 감정이 흔들리는 것을 보는 것은, 아무리 좋게 표현한다 해도 썩 유쾌한 일은 아니기 때문에.

우리는 때때로 벌거벗은 감정을 진실이라 믿는다. 숨겨놓은 여러 사연이 밖으로 나올 때 비로소 누군가의 핵심에 닿는 거라고 말이다. 틀린 얘기가 아닐지도 모르겠다. 분명 그런 부분들은 감출 수 없는 것들을 다양한 방식으로 대변한다. 하지만 들은 모든 것을 고스란히 이야기하는 것은 전혀 다른 문제다.

그나마 이야기를 마무리지을 즈음에는 유쾌한 이야기를 나눌 수 있었다. 이를테면 설거지에 관한 이야기. 잔뜩 쌓인 설거지를 보고 있으면 도무지 하고 싶은 마음이 들지 않아 큰일이라고 했다. 쌓인 설거지를 하기 싫은 것은 당연하다, 그러니 쌓이기 전에 해두어야 하는 것이 아니냐, 뭐 이런 이야기를 한참 나누다 자리에서 일어섰다. 그녀는 따뜻한 국물이 먹고 싶다고 했는데, 다음 일정이 있어서 나는 그냥 돌아와야 했다.

돌아오는 길에 깨달았다. 두번째 녹음이 완전히 날아가 있었다. 아무리 좋게 생각해도 인터뷰를 망치고 만 것이다.

5

다만 이런 것이 있다.

마지막의 마지막에 나는 이 소설에 대해 하고 싶은 말이 무어냐고 물었다. 고개를 갸웃거리다 그녀가 말했다.

—나는 마감을 했다, 그 정도?

막 소설을 끝낸 작가의 입장에서 충분히 나올 수 있는 이야기일 것이다. 비슷한 감정을 나 역시 알고 있다. 끝을 냈다는 것. 어차피 이 일은 누가 대신 해줄 수 있는 것이 아니므로. 시작하여 마지막을 보고야 말았다는 것. 후련하면서도 어쩐지 서글픈 기분들. 그녀 입장에서 할 수 있는 가장 충실한 이야기는 아마 저 정도일 것이다. 지금 이 순간에는 그렇다.

하지만 그렇게 생각하면 좀 재밌는 일이 벌어진다. 사실 그녀는 아직 소설을 끝내지 못했다. 이제 그녀는 교정을 봐야 할 것이고, 책의 모양을 살펴야 하며, 다른 무엇보다 완성된 소설을 세상으로 보내야 한다. 원고의 마침표는 찍었겠지만, 그녀의 소설은 여전히 끝나지 않았다.

소설 속의 해미는 소각의 여왕이다. 그녀의 소각은 그야말로 죽은 이와의 이별일 것이다. 이별, 마지막, 끝. 해미는 누군가의 삶이 끝난

자리에서 비로소 그 삶과 마주하는 사람이고, 누구보다 그 끝에서 헤어지는 사람이다. 그녀는 그러한 삶에 대해 썼다.

그러나 소설을 쓴 그녀의 삶은 그렇지 않다. 장담컨대 그녀의 이번 만남은 영원히 헤어짐에 닿지 못한다. 세상에 남을 그녀의 모든 소설을 다 소각할 순 없기 때문에. 설사 책을 다 태운다 해도 이미 읽은 이들이 남아 있다. 그리고 누군가는 끝없이 그녀를 다시 만날 것이고, 그런 식으로 그녀의 헤어짐은 끝없이 미뤄진다. 그녀는 그런 일을 만났고, 나는 그녀가 그런 일을 만나게 되는 순간을 목격했다.

우리는 그런 식으로 사람들과 만난다. 지금 이 글을 읽는 사람이 그녀의 소설을 읽는 식으로. 그리고 그렇게 만난 뒤, 헤어짐은 도무지 이뤄지지 않는다. 이 일이 즐거울 수 있다면 아마도 그 때문일 것이다. 그러므로 나는 이제야 아무 거리낌 없이 그녀에게 축하한다고 말할 수 있다.

문학동네 장편소설
소각의 여왕

1판 1쇄 2015년 12월 23일
1판 3쇄 2023년 11월 6일

지은이 이유
책임편집 황예인 | 편집 정은진 김내리 이성근
디자인 김마리 유현아 | 저작권 박지영 형소진 최은진 서연주 오서영
마케팅 정민호 서지화 한민아 이민경 안남영 왕지경 황승현 김혜원 김하연 김예진
브랜딩 함유지 함근아 고보미 박민재 김희숙 박다솔 조다현 정승민 배진성
제작 강신은 김동욱 이순호 | 제작처 영신사

펴낸곳 (주)문학동네 | 펴낸이 김소영
출판등록 1993년 10월 22일 제2003-000045호
주소 10881 경기도 파주시 회동길 210
전자우편 editor@munhak.com | 대표전화 031) 955-8888 | 팩스 031) 955-8855
문의전화 031) 955-2696(마케팅) 031) 955-2675(편집)
문학동네카페 http://cafe.naver.com/mhdn
인스타그램 @munhakdongne | 트위터 @munhakdongne
북클럽문학동네 http://bookclubmunhak.com

ISBN 978-89-546-3904-0 03810